Werner Bergengruen
Die drei Falken

Werner Bergengruen

Die drei Falken

Eine Novelle

Arche

Druck, Bindung: freiburger graphische betriebe, Freiburg
Printed in Germany
ISBN 3-7160-2278-0

Inhalt

Wir alle sind diese zwölf Jahre hindurch in irgendeiner Art monomanisch gewesen, die Nationalsozialisten ebenso wie wir, ihre Gegner. Wie es damals kaum ein Gespräch gab, das sich nicht mit der aktuellen Situation befaßt hätte, so konnte fast niemand etwas schreiben, das nicht von dieser Zeit geprägt worden wäre. Auch diejenigen unter meinen im verruchten Jahrzwölft entstandenen Novellen, in denen scheinbar nichts vom grauenvollen Geschehen der Zeit berührt wurde, verleugneten ihre Entstehungsjahre nicht; und sei es auch nur dadurch, daß ein Gegenbild aufzurichten versucht wurde, an dem diese Ära zu messen war. So habe ich in der 1935/36 geschriebenen Novelle »Die drei Falken« ein Bild königlicher Herzensfreiheit, ein Bild der Großmut und Hochherzigkeit gezeichnet, also gerade jener seelischen Elemente, die damals aus der deutschen Realität ohne Spur verschwunden zu sein schienen.

Die drei Falken

Zu jener Zeit, da die Kunst der Falknerei in ihrer letzten Blüte stand, lebte und starb in einer mittleren Stadt des Königreichs Neapel ein Falkenmeister, der einen sehr hohen Ruhm genossen, Erworbenes aber nicht festzuhalten gewußt hatte. Außer einigem bescheidenen Hausrat hinterließ er nichts als drei Falken von allerdings sehr hohem Wert. Um Überlassung dieser Vögel hatten ihm viele große Herren zugesetzt, doch hatte er sich von ihnen nicht trennen mögen als von den letzten Bleibseln und Zeugnissen seiner Kunst. Auch verlieh er sie nicht, und wenn ein reicher Grundherr einer Jagdveranstaltung mit Hilfe dieser Falken einen besonderen Glanz zu geben wünschte, so mußte er den Falkenmeister zur Teilnahme einladen und ihn gelten lassen wie einen jeden anderen Gast.

Nun gab es in dieser Stadt einen Zusammenschluß vornehmer und wohlhabender Männer, dem auch viele ländliche Edelleute angehörten. Die Vereinigung nannte sich Bruderschaft zu St. Georg vom edlen Falken und hatte sich Pflege und Vervollkommnung der Falknerei sowie die Bewahrung einer großherzigen Sinnesart und ritterlicher Sitten zum Ziel gesetzt. Ihre Angehörigen trugen silberne Halsketten, deren kunstvoll geschmiedete Glieder abwechselnd die Gestalt von Falken und Reihern hatten; so zwar, daß die Falken auf die Reiher zu stoßen schienen. In diese Vereinigung, welche ein großes Ansehen genoß, war der Eingang nicht leicht zu erlangen, und die Kette stand in höherer Schätzung als alle Auszeichnungen, die von Fürsten vergeben wurden. Die Falkenbruderschaft übernahm es, das Begräbnis auszurichten. Es vollzog sich unter großem Zulauf und nicht ohne Prunk; alle Träger der silbernen Kette fanden sich ein, um der Hochschätzung und Dankbarkeit, die sie für den Verstorbenen empfunden hatten, einen Ausdruck zu geben.

Der Falkenmeister, der in jüngeren Jahren aus dem Norden zugewandert war, hatte in der Stadt keine Verwandtschaft. Er war frühzeitig zum Witwer geworden. Sein Sohn, der zum Falkenwesen keine Neigung hatte, erlernte die Kaufmannschaft, verehelichte sich und starb kinderlos; die Frau heiratete einen vermöglichen Seidenhändler und gebar ihm zwei Kinder, eine Tochter und einen Sohn. Alle diese Menschen waren dem Falkenmeister nicht blutsverwandt und hatten auch wenig Umgang mit ihm; doch liebten es der Seidenhändler und seine

Frau, etwa wenn vornehme Kunden von Falken und Beizjagden redeten, auf ihre enge Beziehung zu dem Alten hinzudeuten und ihn als den Ihrigen in Anspruch zu nehmen.

Gleich nach der Beisetzung begaben der Seidenhändler und seine Frau sich in die Mietswohnung des Verstorbenen. Sie befand sich in einem schmalen Häuschen, das von innen an die Stadtmauer gebaut war und sie mit den oberen Stockwerken überragte. Aus den Fenstern ergab sich ein weit ausgreifender Blick hinunter in die Ebene mit ihrem Weideland, ihren Ölbaumpflanzungen, ihren Buchen- und Steineichenforsten, welche allmählich wiederum zu Bergzügen mit kühnen und gezackten Gipfeln emporleiteten. Die Stadt selber stand auf einem Felsblock, der gleich jenseits der Mauer sehr steil hinabfiel, und so war hier wohl die rechte Behausung für einen scharfäugigen Mann, der es liebte, in einer Höhe zu wohnen wie ein Gebirgsvogel, weit hinauszuspähen und die Masse des gefiederten Volkes unter sich zu sehen. Im Inneren waren die wenigen Räume eng und dürftig und auch nicht in sehr guter Ordnung gehalten.

Den Seidenhändlersleuten öffnete die alte Magd, die dem Falkenmeister seit Jahren das Haus geführt und ihn auch in seiner letzten Krankheit gepflegt hatte. Sie erklärten ihr, sie seien gekommen, die

Verlassenschaft zu betrachten und an sich zu nehmen; denn es könne ja nicht bezweifelt werden, daß sie des Dahingegangenen nächste Verwandten und Erben seien.
Die Magd, ein redseliges und verworrenes Geschöpf mit unordentlichen grauen Haaren, antwortete: »Mein Herr hat in seinen kranken Tagen ein Testament gemacht und es in die Obhut des Herrn Albinelli gegeben, den er auch zum Vollstrecker seines letzten Willens bestimmt hat. Ich bin nicht berechtigt, irgendein Stück fortzugeben, vielmehr habe ich alles unangerührt zu erhalten und auch die Falken zu versorgen, so gut ich es eben verstehe. Herr Albinelli aber hat mich wissen lassen, er werde in den nächsten Tagen die notwendigen Verfügungen treffen.«
Die Seidenhändlersleute sahen einander an mit einer ruckhaften Bewegung der Köpfe, die bei ihnen als zwei lange miteinander Verheirateten fast genau die nämliche war; allein wie auf Verabredung unterließen sie es, ihren Ärger in Worten laut zu machen, denn sie besorgten, die Magd könne ihre Äußerungen zu den Ohren des Herrn Albinelli bringen, und es war ja möglich, daß sie auf sein als des Testamentsvollziehers Wohlwollen angewiesen sein würden.
Sie gingen also ohne weitere Einwendungen durch

die Räume, guckten in Schränke und Tischkästen, halb mit Neugier, halb mit Geringschätzung, und die Frau nahm hier und da einen Gegenstand in die Hände, etwa eine Bettdecke, ein Kissen, einen Kochtopf, einen Schemel oder Leuchter, ob sich ihm nicht irgendein Wert abgewinnen lasse. Allenfalls schien ein solcher einem Buche innezuwohnen, das in grünes, goldgepreßtes Leder gebunden und mit sehr vielen Bildern ausgestattet war. Es war des Römischen Kaisers Friedrich berühmte, aber im Handel selten erhältliche Schrift über die Kunst des Jagens mit Vögeln, aus dem Latein in die Volkssprache übertragen, und auf die leeren Blätter am Ende hatte der Falkenmeister mit seiner wenig schriftgeübten Hand allerlei Anmerkungen aus seiner vielfältigen Erfahrung eingetragen.

»Dies Buch müßte sich günstig veräußern lassen, man sollte es einem von der Falkenbruderschaft anbieten«, sagte der Seidenhändler zu seiner Frau und fügte hinzu: »Es ist nur schade, daß der Alte es beschmiert hat.«

Die Frau seufzte mit einem Blick zur niedrigen Stubendecke über so viel eigensinnige Torheit des Verstorbenen, und dann gingen beide in Begleitung der Magd zu den Falken. Diese hatten ihre Behältnisse in einem halb offenen Anbau, nach dem Hofe zu. Ohne Verständnis erblickten die Eheleute drei

Vögel von so ähnlicher Beschaffenheit, daß sie wohl nur dem Auge eines Falkenkundigen sicher unterscheidbar sein mochten. Es waren großköpfige Tiere von gedrungenem Bau mit sehr langen und spitzen Flügeln. Ihre Farbe war fast ganz weiß, und nur an der Oberseite hatten sie einige schieferblaue, hier und da ins Schwärzliche spielende Flecken. Um den rechten Ständer trug jeder Vogel einen schmalen Metallring mit dem Zeichen des Falkenmeisters. Wie sie unbeweglich auf ihren entrindeten Ästen hockten, da glichen sie einem Zornigen, der sich, um seine Geringschätzung der Umwelt zu bekunden, mit der Kraft seines Willens zur Ruhe gezwungen hat. Das Ehepaar machte allerlei Lock- und Schnalzlaute, allein die Falken wandten ihm keinerlei Aufmerksamkeit zu, und auch der Magd, die vor den Seidenhändlersleuten ihre Vertrautheit mit den Vögeln zeigen wollte, gelang es nicht, sie aus ihrer abweisenden Zurückhaltung zu bringen. Der Seidenhändler fragte die Magd, was es mit den Tieren auf sich habe, und dem Ton der Frage war seine Verstimmung anzumerken.

»Es sind drei Männchen gleichen Alters und gleicher Herkunft«, erklärte die Magd, »und nach der Meinung aller Kenner sind sie hervorgegangen aus einer Kreuzung des sehr seltenen isländischen Falken, der ohne Minderung seiner Kräfte von allen das höchste Alter erreicht, mit dem Gierfalken, dem an Geschwindigkeit und Mut keine andere Falkengattung gleichkommt.«

Dies sagte sie mit einigem Stolz, nicht nur auf ihre Kenntnisse, sondern auch auf die Tiere selbst.

»Es sind edle Falken?« fragte, halb gierig, halb unlustig, die Frau des Seidenhändlers, welche dieses Wort manchmal gehört hatte.

»Ja«, sagte die Magd ein wenig von oben herab und fuhr lehrhaft fort: »Aber sie sind mehr als das. Denn edel nennt man alle jene Arten der Falken, die sich vorzugsweise von lebender Beute ernähren und diese im Flug schlagen, statt sie, wie die unedlen tun, vom Boden aufzunehmen. Diese edlen fliegen rasch, wohin sie wollen, aber sie haben nicht die Fähigkeit der langsamer fliegenden unedlen, sich, auf Beute lauernd, eine längere Zeit fast unbeweglich und nur mit ganz geringen Flügelschlägen in der Luft zu halten, was man Rütteln nennt. Die unedlen Gattungen sind in der Mehrzahl.«

Die Seidenhändlersleute fragten noch einiges, was den Wert, die Lebensweise und die Nahrung der Vögel anging. Die Magd antwortete, so gut sie konnte; manches wußte sie auch nicht, denn solange der Falkenmeister gesund gewesen war, hatte er seine Vögel selbst besorgt und keinen anderen Menschen zu ihnen gelassen; und wo sie dann über irgendeine Einzelheit keinen Bescheid zu geben vermochte, da rühmte sie wortreich die Neuerungen und Verbesserungen, die der Falkenmeister für die Hauben und Fußschellen der Falken erfunden hatte, und erzählte rasch allerhand Geschichten, die sie von ihrem Herrn gehört hatte: daß es Falken gegeben habe, um die Könige sich gestritten hätten; für einen seien einmal zwölfhundert Goldstücke geboten worden, für einen andern sieben Hengste von morgenländischer Zucht, für einen dritten ein Landgut von sechshundert Joch Weizenboden.

Die Frau funkelte über dem Zuhören mit den Augen. Zugleich aber schüttelte sie den Kopf und wunderte sich, daß diesen Tieren ein solcher Wert sollte beigemessen werden.

»Man macht viel Wesens von diesen Geschöpfen«, sagte sie zuletzt. »Es ist eine unvernünftige Leidenschaft.«

Der Mann stimmte ihr bei und setzte hinzu: »Darum hat sich ein Handelsmann nicht zu kümmern, solange die Unvernunft der Menschen den Umsatz fördert. Aber dein Schwiegervater war ein Narr. Er hätte sich einen erfahrenen Kaufmann als Ratgeber wählen sollen, dann hätte er ein reicher Mann werden können, da ja Falken seiner Abrichtung bis nach Cypern, Venedig und Lissabon verlangt worden sein sollen. Nun, ich werde mich umhören, wie der Markt gegenwärtig beschaffen ist und an welchen Orten am meisten gezahlt wird. Vielleicht werde ich gut tun, einen Vogel hier zu verkaufen, einen in Neapel und einen in Messina.«

Hierauf nickten die beiden der Magd zu und begaben sich nach Hause.

Es geschah, wie die Magd es angekündigt hatte. Albinelli, ein reicher und ritterlicher Mann, der zu den Vorstehern der Falkenbruderschaft gehörte und gleichzeitig neben anderen ehrenvollen Ämtern innerhalb des Stadtregiments die Nachlaß- und Vormundschaftsangelegenheiten zu verwalten hatte, beschied den Seidenhändler und seine Frau auf eine gewisse Stunde in einen kleinen Saal des Stadtpalastes. Hier fanden sie bereits eine Anzahl von Menschen vor, und die Frau sagte zu dem Manne: »Was ist das? Sollen die alle mit uns erben?«

Da war der Prior des innerhalb der Stadtmauern gelegenen Klosters zum Heiligen Geist, ein schlanker und auch jetzt, bei vorgerückten Jahren, sich noch sehr aufrecht haltender Mann, der in seiner Jugend der Bruderschaft zu St. Georg vom edlen Falken angehört hatte, dann aber von einer plötzlichen Ergriffenheit in das klösterliche Leben geführt worden war. Seinen Zügen und Händen, vornehmlich aber den Bewegungen der Gliedmaßen, war seine gute Abstammung anzumerken, und das alles hob sich sonderbar aus der groben Kutte hervor. Neben ihm saß Amerigo della Ripa, ein wohlhabender, rundlicher Kaufmann, der das Amt eines städtischen Armenpflegers bekleidete. Die Gegenwart dieser beiden erfüllte den Seidenhändler mit Mißbehagen. Doch dünkte es ihn tröstlich, daß die Magd nicht im Saale war; noch auf der Treppe hatten die Seidenhändlersleute gegeneinander ihre Befürchtungen geäußert, das Frauenzimmer könne sich während der Krankheit des Falkenmeisters eine weitgehende Berücksichtigung in seinem Testament ausgewirkt haben.

Die Mehrzahl der Anwesenden bestand aus geringen Kaufleuten und Handwerkern, und abseits von ihnen saß selbstvergessen in der Fensterbrüstung Cecco der Hinker baumelte mit dem gesunden Bein und summte halblaut mit seinem in sich gewandten Lächeln eine Melodie. Die Seidenhändlersleute nahmen Anstoß an seiner Gegenwart, denn dieser Mensch war ein Jungfernkind ohne eine rechte Hantierung, ohne einen ordentlichen Leumund, und so schien er ihnen jeder Liederlichkeit verdächtig. Er erwarb sich seinen Unterhalt als Puppenspieler, in welcher Eigenschaft er sich an überraschenden Eingebungen sehr reich zeigte, als Aushelfer in Schankwirtschaften, als Korbträger und Botengänger – seinem lahmen Bein zum Trotz –, er geigte bei Hochzeiten, wobei er es liebte, Melodien zu erfinden, und verrichtete sonst allerlei Gelegenheitsarbeit. Doch rechneten die Seidenhändlersleute es ihm nicht zur Entschuldigung an, daß er ja um seiner außerehelichen Herkunft willen von jedem Handwerk ausgeschlossen war; und allerdings kam zu dieser Abstammung auch ein gewisser freiherziger, unbekümmerter und für keine gescheite Zukunftssorge tauglicher Wesenszug, der es ihm erschwert hätte, sich in ein immerwährendes Verhältnis der Abhängigkeit zu schicken, wie es doch ein vermögensloser Handwerksgeselle oder Handlungsdiener tun muß.

Die Eheleute hatten indessen jetzt nicht mehr Zeit, ihre Meinungen über seine ungehörige Anwesenheit zu äußern, denn nun kam Albinelli herein, ein großer, zur Fülle neigender Mensch von rötlicher Gesichtsfarbe und hellem Blick, sehr stattlich gekleidet und voll eines heiteren und herrscherhaften Anstandes. Er begrüßte den Prior und den Armenpfleger mit einem Händedruck, die übrigen mit einem wohllaunigen Nicken und forderte alle auf, sich auf die Bänke zu setzen. Die Seidenhändlersleute drängten sich zum Prior und zum Armenpfleger durch, welche ganz vorne saßen, und ließen sich in ihrer Nähe nieder. Albinelli setzte sich auf den erhöhten Platz, den andern gegenüber, zog ein Blatt Papier hervor und begann:

»Ihr wißt alle, aus welchem Anlaß ich euch hergebeten oder herbeschieden habe«, und es war ersichtlich, daß das Wort »hergebeten« den beiden namhaften Männern und, wie die Seidenhändlersleute meinten, auch ihnen selbst, das Wort »herbeschieden« aber den übrigen galt. »Es ist mir eine Ehre«, so fuhr er fort, »daß der von uns Gegangene mich mit der Vollführung seines letzten Willens betraut hat. Denn ich habe in ihm einen Lehrmeister und Freund gesehen, und ich weiß, daß er der Ruhm unserer Stadt gewesen ist. Ich schicke nun voraus, daß er alle Freiheit hatte, über seine Habe nach Wohlgefallen zu verfügen, da ja keine natürlichen Erben vorhanden sind.«

Der Seidenhändler stand auf und rief: »Wir sind da!«, und auch seine Frau erhob sich und blies die Backen auf.

»Unter natürlichen Erben«, erläuterte Albinelli ruhig, »versteht das Gesetz leibliche eheliche Abkömmlinge, nahe Blutsverwandte oder solche, die durch Annahme an Kindes Statt von Rechts wegen zu Abkömmlingen und Blutsverwandten geworden sind.«

Viele der Anwesenden lächelten, einige ließen ein kleines Gelächter hören. Der Seidenhändler sah sich zornig um. Er sagte nichts, blieb aber noch eine Weile stehen. Erst als Albinelli mit der Vorlesung des Testaments schon angefangen hatte, setzte er sich schnaufend auf seinen Platz, und die Frau tat es ihm nach.

Das Testament begann herkömmlicherweise mit den Worten: »Im Namen der allerheiligsten und ungeteilten Dreifaltigkeit, Amen«, und ging dann unter Weglassung der von vielen Testatoren gebrauchten Abschiedsgrüße und redseligen Wünsche sofort auf die Verteilung der Hinterlassenschaft über. Der gesamte Hausrat, alle Kleidungsstücke und Vorräte wurden der Magd zugesprochen. Albinelli wurde gebeten, als Zeichen des Dankes für seine Mühewaltung und als Erinnerungsstück das Buch des kaiserlichen Falkenjägers an sich zu nehmen und in Ehren zu halten. Und nun folgten, von allen mit Spannung erwartet, die Verfügungen über die drei Falken.

»Meine Falken«, so hieß es, »sollen alle drei verkauft, und der Erlös eines jeden soll einem anderen Zwecke zugeführt werden. Nämlich von dem Erlöse des einen sind alle Forderungen zu befriedigen, die von Kaufleuten, Handwerkern oder sonstigen Gläubigern erhoben werden. Was nach Abzug dieser Summe verbleibt, das soll den Armen der Stadt zu Wein und Ziegenbraten zugute kommen, und wenn möglich, soll auch eine Musik bei der Mahlzeit spielen. Den Erlös des zweiten bestimme ich dem Kloster zum Heiligen Geist, und es sollen dafür in gebührlicher Anzahl und zu den gebührlichen Zeiten Messen für meine Seele gelesen werden. Der Erlös des dritten ist unter meine Erben zu verteilen.«

An dieser Stelle hielt Albinelli einen Augenblick inne und lächelte ein wenig mit seiner unbefangenen Fröhlichkeit, wie ein Erzähler, dem es Spaß macht, am wichtigsten Ort seiner Geschichte die Neugier der Zuhörer noch für eine kurze Weile zu necken. Dann las er weiter, und es wurde zuerst die Frau des Seidenhändlers als Erbin bezeichnet. Darauf aber hieß es: »Der andere meiner Erben ist jener Cecco, welcher mit einem Übernamen der Hinker genannt wird und zu welchem ich mich hiermit bekenne als zu meinem zwar außer der ehelichen Ordnung, aber in herzlicher Liebe erzeugten Sohne.« Mit diesen Worten schloß das Testament.

Albinelli schwieg. Der Seidenhändler und seine Frau fuhren auf und taten allerlei Ausrufe der Abwehr und Empörung. Allein diese wurden von niemandem recht vernommen, weil nach der Gewohnheit ihres Landes die Leute sehr laut ihren Beifall klatschten, und alle Köpfe wandten sich dem Hinker zu, denn von dieser Eröffnung war ein jeder aufs äußerste überrascht, und am meisten wohl Cecco selbst; er hatte gemeint, der Falkenmeister werde ihm als einem armen Teufel oder um seines Puppen- und Geigenspiels willen vielleicht einen getragenen Rock oder höchstensfalls ein paar Silbermünzen vermacht haben. Er schüttelte jetzt den Kopf, als habe er Mühe, das Gehörte zu begreifen und zu glauben.

Heftig atmend ließ er sich von der Fensterbrüstung gleiten und zwängte sich nun mit seinem merkwürdigen Gange, der ein Mittelding zwischen Lahmen und Tänzeln war, durch die aufgeregte Versammlung nach vorne. Bald murmelte er vor sich hin, bald rief er es laut: »Ich habe einen Vater gehabt! Ich bin ein Sohn. Ich bin ein Sohn! Ich bin ein Erbe! Ich bin ein Erbe! Mir gehört ein halber Falke, ein ganzer halber Falke, ein Falke von meinem Vater her.« Und dabei wechselte seine Stimme nicht nur in der Lautstärke, sondern auch in ihrem Ausdruck auf eigentümliche Weise, und er lächelte und schnitt allerlei Gesichter, hinter denen vielleicht eine Ergriffenheit oder gar eine Erschütterung verhohlen bleiben sollte, so als schäme er, der doch den Leuten ein Lustigmacher war, sich seiner Empfindungen vor ihnen und vor sich selber.

Als er endlich vor dem Sessel des Herrn Albinelli angelangt war, da fand er diesen in einer Auseinan-

dersetzung mit den Seidenhändlersleuten, welche inzwischen dahin gekommen schienen, völlig an ihre unmittelbare Abstammung von dem Falkenmeister zu glauben.
»Ich teile nicht mit dem lahmen Herumtreiber!« schrie unter zornigen Handbewegungen der Mann. »Es muß ein Unterschied sein zwischen der echt geborenen und der unecht geborenen Nachkommenschaft!«
»Wie ja auch ein Unterschied ist zwischen den edlen Falken und den unedlen!« rief die Frau, zu den übrigen gewandt, als wolle sie sich ihres Beistandes versichern. »Edel nämlich, müßt ihr wissen, nennt man alle die Arten, die sich von lebender Beute nähren und sie nicht vom Boden aufheben, wie es die unedlen tun, die auf ihre Beute lauern und sich in der Luft –«
Der Mann unterbrach sie kollernd: »Ich fechte an! Ich klage auf Ungültigkeit!«
Inzwischen hatte sich der Lärm der übrigen gelegt, und sie kehrten nun den Seidenhändlersleuten ihre Aufmerksamkeit zu, einige indem sie über sie lachten, andere indem sie ihnen beruhigend zusprachen. Albinelli wandte sich von dem Ehepaar ab und fragte den Prior und den Armenpfleger, ob sie die Erbschaft annähmen. Beide bejahten.
»Die Magd ist nicht da?« sagte Albinelli. »Ich hatte

sie herbeschieden wie die anderen auch. Nun, von ihrer Seite haben wir uns keiner Einwendungen zu versehen. Die Forderungen und Rechnungen der Gläubiger habe ich mit ihrer Hilfe geprüft und richtig befunden. Sie sind nicht so hoch, daß wir nicht mit einem gehörigen Überschuß rechnen dürfen, und so wird, denke ich, bei der Mahlzeit auch die Musik nicht fehlen. Nun, und du, Cecco? Nimmst du die Erbschaft an? Oder weigerst du dich auch, mit der anderen Nachkommenschaft zu teilen?«

»Ich nehme an!« rief Cecco entzückt. »Und wenn man mir deswegen den Kopf abschlüge, ich nehme an!«

Mittlerweile war weiterhin auf den Seidenhändler eingeredet worden. Die Leute bewiesen ihm, daß er nichts zu erwarten habe, wenn er etwa einen Rechtsstreit anfinge. Und zum Überfluß werde es in einem solchen vornehmlich auf die Meinung des Herrn Albinelli ankommen als des sachkundigen Verwalters der Nachlaßangelegenheiten im Stadtregiment, und dessen Meinung habe er ja kennengelernt. Allmählich beruhigte er sich und mit ihm die Frau. Als Albinelli ihn nun abermals fragte, ob er die Erbschaft annehme, da antwortete er grimmig: »Ja.«

Schon während der Verlesung hatte Albinelli einige Male durch ein kleines Lächeln eines freundschaftlichen und zugleich wehmütigen Spottes ungewollt seine Meinung über das Testament zu erkennen gegeben. Jetzt sagte er, indem er nach seiner Gewohnheit mit der Linken nachdenklich sein starkfleischiges Kinn preßte und knetete: »Der Verstorbene war der Geschäfte und ihrer Förmlichkeit nicht sehr kundig und hat auch keinerlei Liebe für sie gehabt, das ist dem Testament anzumerken, und es erinnert daran, daß ja auch die Falken sich auf dem Erdboden ungewandt und plump bewegen.« Er hielt einen Augenblick inne und bedachte mit einer lächelnden Rührung, wie der Falkenmeister beim Niederschreiben seiner Bestimmungen sich selber als jener sorgsam abwägende Hausvater erschienen sein mochte, der er zeit seines Lebens nicht gewesen war, und wie er aus diesem Gefühl wohl kinderhaft eine große Genugtuung empfangen hatte; etwa beim Hinsetzen eines Ausdruckes aus der Rechtslehre, den er freilich am unrichtigen Ort und in einem mißverständlichen Sinne anwandte.

Albinelli fuhr fort: »Die drei Vögel sind ihrer Beschaffenheit und ihrem Werte nach etwa gleich. Aber der Erblasser, der ja kein Handelsmann war, hat nicht bedacht, daß von gleichwertigen Dingen sich immer das eine günstiger, das andere ungünstiger verkaufen läßt, je nach der Nachfrage und nach allerlei sonstigen Umständen, und insbesondere gilt das wohl von Sachen, deren Preis nicht durch das Bedürfnis, sondern durch die Liebhaberei bedingt wird. Offenbar hat der Erblasser gewollt, daß jeder der drei Bestimmungen die gleiche Summe zugeführt werde. Da hätte er gut getan, zu verfügen, daß der Gesamterlös zusammengelegt und alsdann in drei gleiche Teile geteilt werden sollte. Allein er hat ausdrücklich jedem der drei Zwecke einen Falken bestimmt, und ich halte mich nicht für berechtigt, von seiner Anordnung abzuweichen. Oder er hätte genau bezeichnen können, welchen Falken er den einzelnen Bestimmungen zugedacht hat. Auch dies hat er unterlassen, und so wird es sich voraussichtlich ereignen, daß die drei Summen, dem Willen des Erblassers zuwider, untereinander ungleich sein werden. Für den Verkauf habe ich als die zweckmäßigste Form die der öffentlichen Versteigerung gewählt. Ich werde mich an die Ordnung des Testamentes halten und es so handhaben, daß der Erlös des erstverkauften Vogels den Gläubigern und Armen, des zweitverkauften dem Kloster zum Heiligen Geist, des drittverkauften den beiden Erben zugewandt wird. Die Reihenfolge aber, in der die einzelnen Vögel innerhalb der nämlichen Versteigerung ausgeboten werden sollen, werde ich durch das Los ermitteln lassen. Der Zeitpunkt der Versteigerung wird öffentlich hier und in anderen

Orten bekanntgemacht werden, und bis dahin soll die Magd für die Falken Sorge tragen und jedem Zutritt gewähren, der die Vögel in Augenschein zu nehmen wünscht. Für alle diese Maßnahmen erwarte ich die Zustimmung der hier Versammelten.«

Die Anwesenden erklärten sich einverstanden. Lediglich der Seidenhändler erhob Einwendungen, doch setzte ihm Albinelli auseinander, daß er als Testamentsausführer alle Vollmacht habe, die Einzelheiten nach seinem Bedünken zu ordnen, es sei denn, daß ein etwa vorgebrachter Widerspruch vom Gericht als triftig anerkannt werde. Nun tuschelte der Seidenhändler eine Weile mit seiner Frau, stand dann auf und sagte: »Es ist nicht meine Art, unnütze Schwierigkeiten zu machen, und so stimme ich den Meinungen des Herrn Albinelli bei. Doch erwarte ich zum Ausgleich, daß es gerecht zugehe. Nämlich von dem dritten Falken heißt es nur, daß der Erlös unter die Leibeserben verteilt werden soll, aber es ist nicht gesagt, in welchem Verhältnis die Teilung zu geschehen hat. Meine Frau hat einen Mann, nämlich mich, und zwei Kinder, nämlich meine Tochter und meinen Sohn. Jener Bastard aber, der Hinkende, ist nur einer. Und so scheint es mir der Gerechtigkeit angemessen, daß man uns vier Fünftel des Erlöses zubilligt, jenem aber nur eins. So wird es der Schwiegervater meiner Frau, dem sie immer eine gute und gehorsame Tochter gewesen ist, im Sinne gehabt haben, und der Herr Albinelli hat ja selber gesagt, daß der Selige, in dem auch ich meinen Schwiegervater geehrt habe, der Geschäfte, ihrer Förmlichkeiten und klaren Ausdrücke nicht recht kundig gewesen ist; sonst hätte er ohne Zweifel seinen Willen, den ich eben erläuterte, deutlicher offenbart.«

Albinelli wollte ihm antworten, allein er sah sich daran gehindert, denn es trat ein Ratsdiener ein und machte ihm mit leiser Stimme eine Mitteilung. Albinelli nickte und erklärte alsdann der Versammlung, er werde für einige Augenblicke hinausgebeten; nach seiner Rückkehr könne weiter verhandelt werden. Damit verließ er den Saal.

Nun erhob sich unter den Zurückgebliebenen eine sehr laute Unterhaltung. Einige hänselten die Seidenhändlersleute, andere suchten ihnen wohlwollend ihren Zorn auszureden und sie zu einem ruhigen Gewährenlassen zu bestimmen; die meisten aber hielten sich an Cecco mit allerlei Späßen und Glückwünschen, und hieran bekundete sich, daß er bei vielen jene rätselhafte Beliebtheit genoß, die sich so oft dem Unnützen, zu keinem vernünftigen Bürgergewerbe Tauglichen zuwendet, obwohl er sie weder umwirbt noch eigentlich verdient; und so dürfen wir in ihr vielleicht ein winziges Abbild der göttlichen Erbarmung erblicken. Wiederum aber war in der Zuneigung der Leute zu Cecco nicht jenes freundschaftliche Wohlwollen, das Gleiche einander entgegenbringen, denn es konnte ja bei diesen selbstgewissen Tagewerkern und Hausvätern keine Achtung für ihn bestehen, und seine Beliebtheit glich ein wenig der eines unterhaltsamen und nicht verantwortlichen Tieres; die Leute hätten ihn ihre Geringschätzung unmitleidig fühlen lassen, wenn es ihm undenkbarermaßen in den Sinn gekommen wäre, eine Gleichberechtigung mit ihnen zu begehren. Sie hatten es gern, einander Bemerkungen und Redensarten zuzutragen, deren er sich in seinen Puppenspielen bedient hatte, und viele empfanden ein entferntes Wohlgefallen an seiner vogelhaften Freiheit; doch gab es auch solche, die gleich den Seidenhändlersleuten in ihm nur einen Tagedieb sahen.

Einige behaupteten jetzt, seine Abkunft von dem Falkenmeister immer geahnt zu haben. Andere setzten ihm mit scherzhaften Fragen zu, was er denn mit dem Gelde zu beginnen gedächte. An seinem Gehaben wollte sich nicht recht abnehmen lassen, ob er von einer übergroßen verwirrenden Freude erfüllt war oder sich selber um seiner neuen und fremdartigen Umstände willen verspottete, oder ob das beides zur gleichen Zeit der Fall war; denn das gehörte ja zu seiner Art, daß er es liebte, sich auch lustig zu machen über sich selbst.

»Was ich beginnen werde?« antwortete er. »Ich werde heiraten, ich werde ein Findelhaus stiften, ich werde alle meine Botengänge in der Tragsänfte machen! Ich werde schreiben lernen und etwas Großes werden. Ich werde eine Weinwirtschaft erwerben, ein Speisehaus eröffnen, ich werde eine Musikbande gründen, ich werde ein Dutzend Puppenspieler unter meiner Leitung vereinigen. Ernten werde ich aufkaufen und übers Meer verfrachten. Nein, mit Seide werde ich handeln, mit Seide, Seide, Seide! Aber zuerst werde ich allen meinen Freunden ein Essen geben, Ziegenbraten mit Wein, und es soll eine Musik dabei spielen!«

Albinelli kehrte zurück; sein vollbäckiges Gesicht war geröteter als sonst. Die Gespräche verstummten. Albinelli sagte: »Es hat sich ein Mißgeschick ereignet. Einer der Falken ist entflogen.«

Die Leute rissen die Augen auf, manche gaben einen Laut der Betroffenheit oder Erregung von sich.

»Unser Falke soll entflogen sein?« rief die Seidenhändlersfrau mit zitternder Stimme.

»Wer redet von unserem Falken?« versetzte zornig der Mann und stieß sie mit dem Ellbogen. »Das ist nicht unserer, das kann nicht unserer sein!«

Albinelli berichtete. Er habe sich gewundert, daß die Magd nicht erschienen sei; nun, ihre Abwesenheit sei jetzt erklärt.

Die Magd war in einer völligen Aufgelöstheit des Gemüts in den Stadtpalast gekommen und hatte Albinelli stammelnd und heulend von dem Geschehen unterrichtet. Albinelli, der wie viele Vollblütige zum Jähzorn neigte, schrie sie an und fluchte; fast hätte er sie geschlagen. Gleich danach aber tat sie ihm leid in ihrer Verstörtheit, er mußte sich aus ihrer verworrenen Schilderung überzeugen, daß sich ihr keine rechte Schuld beimessen ließ, und so ging er bald dazu über, ihr beruhigend zuzureden. Ja, auch jetzt vor den versammelten Gläubigern und Erben suchte er sie zu entschuldigen. »Wir wissen doch alle«, sagte er, »daß ein edles Tier, wenn sein Herr gestorben ist, manchmal aus all seiner Gewöhnung und Zucht gerät. Scheltet die Magd nicht, sie ist verzweifelt genug, und was ihr an Vorwürfen zu machen war, das habe ich ihr gemacht. Eine weitere Schuld hat sie nicht, sie ist kein Falkenier und konnte für die Vögel nicht besser sorgen, als sie es verstand, und alle drei waren seit dem Tode des Meisters in eine völlige Unordnung gekommen, deren sie sich nicht versehen konnte. Es ist ein Unglück und kein Vergehen.«

Das Unglück war beim Reinigen des Behältnisses

geschehen; auf irgendeine Weise mußte die Langfessel sich gelockert haben. Die erschrockene Magd tat ihr mögliches mit Locken, Pfeifen und Rufen; sie zeigte dem Falken Federspiel und Lockspeise, wie sie bei der Abrichtung gebraucht werden, aber das war umsonst. Der Falke schlug eine Taube über einem benachbarten Hof, danach stieg er auf und blieb verschwunden. Und nun erst begriff die Magd, daß er wirklich fort war. Nur allmählich gewann sie es über sich, in den Stadtpalast zu gehen und Albinelli den Vorfall anzuzeigen.

»Damit sich kein weiteres Unheil ereignet«, so schloß Albinelli, »habe ich Auftrag gegeben, die beiden anderen Falken in mein Haus zu schaffen. Außerdem werde ich alles Dienliche versuchen, um den Falken zurückzuerhalten, indem ich seine Flucht bekanntgebe und eine Belohnung aussetze. Aber da wir ja wissen, wie selten sich Rückkehr oder Wiedereinbringung entflogener Falken ereignet, so dürfen wir uns hierauf keine Rechnung machen. Vielmehr muß erwogen werden, wie des Verstorbenen letzter Wille am getreuesten ausgeführt wird, obwohl sein Nachlaß diese Minderung erfahren hat. Unvermeidbarerweise werden einige der Ansprüche, die sich aus dem Testament herleiten, eine Verkürzung erleiden müssen. Doch will ich im vorhinein erklären, daß etwa eine Kürzung der

Gläubiger nach dem Gesetz nicht möglich ist, und so haben denn sie einen bevorrechtigten Anspruch. Im übrigen aber erkenne ich jetzt, wie sehr der Falkenmeister in all seiner Geschäftsunkenntnis das Rechte getroffen hat. Hätte er nämlich jeden der Vögel ausdrücklich einer bestimmten Verwendung vorbehalten, so würde eine Gruppe der Bedachten jetzt leer ausgehen müssen. So aber haben wir die Freiheit, den gerechten Weg zu suchen. Und nun bitte ich die Versammelten, ihre Meinung zu sagen.«

Als erster nahm der Seidenhändler das Wort. Er stelle, so erklärte er, die Frage, nach welchem Verhältnis der Erlös des einen Vogels unter die Erben zu teilen sei, fürs erste in den Hintergrund und spreche jetzt namens der Gesamtheit dieser Erben. Es sei gewiß, daß hier eine Verkürzung nicht stattfinden könne. Nach göttlichem und menschlichem Recht habe ein jeder die Pflicht, für seine Nachkommenschaft auch über das Grab hinaus zu sorgen. Diese Pflicht habe der Falkenmeister durch sein Testament anerkannt, und an ihrer Erfüllung könne und dürfe er nicht gehindert werden. Daß der Anspruch der Gläubiger nicht angetastet werden könne, das sei ihm als einem Geschäftsmann klar. Und so bleibe nur der Ausweg, den Verlust auf das Armenvermächtnis und das Klostervermächtnis zu

verteilen, – nach welchem Schlüssel, das solle seine Sorge nicht sein.
»Das ist unmöglich!« rief der Armenpfleger. »Das hieße diejenigen berauben, die ohnedies am übelsten daran sind! Haben die Gläubiger ein Vorrecht nach dem Gesetz, so haben die Armen ein Vorrecht um des Himmels willen. Von allen Erben ist der Seidenhändler der Wohlhabendste. Soll er nichts opfern?«
»Wenn ich opfere, so müßte Cecco mitopfern als mein Miterbe«, antwortete der Seidenhändler. »Und gehört er etwa nicht zu jenen Ärmsten, deren Beraubung soeben für unmöglich erklärt wurde?«
»Die Magd soll haften, die den Vogel hat entfliehen lassen«, sagte die Frau giftig. »Mögen die Armen den Hausrat bekommen und mag das Geld der Armen dem Kloster zufallen.«
Einer der Gläubiger, der, wie er sah, selber nicht Gefahr lief, um das Seine zu kommen, erklärte: »Der Hausrat hat, so höre ich, einen sehr geringen Wert. Die Magd ist arm, bejahrt und von jetzt an unterstandslos. Der Vorschlag kann gar nicht in Erwägung gezogen werden.«
»Es ist nicht zweifelhaft«, begann der Armenpfleger wieder, »daß der Erblasser eine Dreiteilung seines Vermögens gewünscht hat. Dieser Wunsch ist durch die Flucht des einen Vogels nicht aufgeho-

ben, und so ist der Erlös der beiden verbleibenden in drei Teile zu teilen. Da der entflogene Falke zum gemeinsamen, noch ungeteilten Eigentum aller Erben gehört, so ist es billig, daß auch sein Verlust von allen gemeinsam getragen werde.«

Mit diesem Vorschlag brachte der Armenpfleger den Seidenhändler sehr auf; Meinungen und Gegenmeinungen gingen heftig hin und her. Albinelli gab seine eigene Ansicht noch nicht zu erkennen, sondern war einstweilen bemüht, jedem, der etwas sagen wollte, zum Worte zu verhelfen und eine gewisse Ordnung der Aussprache zu bewahren.

Cecco der Hinker hatte die ganze Zeit über geschwiegen, und man sah es seinem Gesicht an, daß er sich bedrückt fühlte. Einige Male hatten sich abwechselnd der Seidenhändler und seine Frau an ihn gemacht, sich zu ihm herabgebeugt und ihm dringlich ins Ohr geraunt. Narr, der er sei, verstehe er denn gar nicht, daß er mit ihnen am gleichen Strang zu ziehen habe? »Ich rede mit für deinen Nutzen«, zischte der Mann. »Tu doch das Maul auf und stimme mir bei!« Aber Cecco schüttelte den Kopf, machte abwehrende Bewegungen mit den Händen und sah ratlos vor sich hin; es war, als habe alle Freudigkeit ihn verlassen.

»Nun, und du, Cecco? Du wirst doch auch eine Meinung haben«, sagte Albinelli ermutigend.

»Ich weiß es nicht, Herr«, antwortete Cecco verwirrt und mit einer Miene des Widerwillens. »Ich weiß es wirklich nicht. Ich verlasse mich auf die Kenntnis und Gerechtigkeit des Herrn Albinelli.«

Auch der Prior des Klosters zum Heiligen Geist hatte bisher geschwiegen und nur mit einem aufmerksamen Ausdruck seiner klaren und geistigen Augen dem Meinungswechsel zugehört. Erst als der Seidenhändler in seinem harten Eifer zu dem Ausruf gelangte, einen Anspruch des Klosters oberhalb seines eigenen könne er nicht gelten lassen, es liege für die Seelenmessen keine rechtliche Nötigung vor, und seinetwegen dürfe angenommen werden, der entflogene Falke habe die Seele des Abgeschiedenen stracks in den Himmel getragen, – erst da erhob sich der schlanke Mann und nahm das Wort.

»Wie alles Göttliche vor dem Menschlichen den Vorrang hat«, sagte er, »so muß auch wohl alles, das zum Göttlichen mehr angenähert ist, den Vorrang haben vor dem, das ihm fernersteht. Auf diese Weise ist es unzweifelhaft, daß der Anspruch der Kirche vor dem Anspruch der sonstigen Erben den Vorrang hat. Dies läßt sich ja auch aus der Reihenfolge der Testamentsbestimmungen mit Klarheit erkennen; und wie beim Falken die zweite Schwungfeder die längste ist, so ist die zweite Bestimmung des Testaments die wichtigste. Es ist billig, daß die Gläubiger am ersten Ort stehen, denn sie haben Arbeiten getan oder Waren hergegeben, um deren gerechten Lohn sie niemand ohne Versündigung bringen kann. An der zweiten Stelle aber steht das Kloster zum Heiligen Geist. Wie das Testament lehrt, erwartet der Erblasser von der Kirche einen Dienst, der ihm um seines Heiles willen offenbar notwendig erscheint. Von den zuletzt genannten Erben hingegen erwartet er nichts, wünscht ihnen vielmehr eine bloße Gefälligkeit zu erweisen. Und so sehe ich denn dem Rechte nach keine andere Möglichkeit, als daß der Erlös des ersten Falken den Gläubigern und Armen, der des zweiten aber meinem Kloster zufällt. Dies ist das Recht, und es hat wie alles Recht auf der Erde zugleich sein Unbilliges. Der Erblasser ist ein Falkenmeister gewesen und ein großherziger Mann, der wenig auf seinen Vorteil sah. Und eine solche Großherzigkeit geziemt einem jeden, der mit edlen Vögeln in eine Beziehung geraten ist oder je mit ihnen Umgang gehabt hat. So ist um des Verstorbenen willen ein Beispiel der Großherzigkeit auch hier zu geben, und darum mache ich namens des Klosters zum Heiligen Geist wiederum ihm eine Schenkung, und zwar in der einzigen Form, die einer mönchischen Gemeinschaft angemessen ist, indem ich erkläre: die Messen für die Seele des Toten sollen in gebührlicher Zahl ohne Entgelt gelesen werden, so als sei die Summe ausgezahlt worden, und das Kloster wird des Falkenmeisters für immer unter seinen Wohltätern gedenken. Der Erlös des zweiten Falken aber mag den Erben übergeben werden.«

Diese Rede des Priors bewegte die Zuhörer, und selbst die gemeineren Seelen unter ihnen konnten sich ihrer Einwirkung nicht völlig entziehen. Albinelli aber umarmte den Prior und dankte ihm nicht nur namens aller in die Erbschaft Verflochtenen, sondern auch namens der Bruderschaft zu St. Georg vom edlen Falken, deren alten Ruhm er als ihr ehemaliges Glied so großmütig bewährt habe. Die Seidenhändlersleute küßten des Priors Hand und erbaten seinen Segen, und unter solchen Umständen schloß Albinelli die Versammlung.

Am gleichen Tage noch begann er mit den Vorbereitungen der Versteigerung, und er betrieb sie mit Sorgfalt, Leidenschaft und einer erwartungsvollen Freudigkeit. Denn er hatte sich lange bemüht, einen der drei Falken zu erwerben, und hatte seine dringlichen Versuche erst aufgegeben, als er erkannte, daß der Falkenmeister unter keinen Umständen gesonnen war, in eine Trennung von diesen Vögeln zu willigen. Seit dem Augenblick aber, da Albinelli vom Inhalt des Testaments Kenntnis hatte, stand es ihm unerschütterbar fest, daß einer der Falken sein Eigentum werden müsse. Er war reich und trennte sich im Gegensatz zu vielen Reichen leicht vom Gelde. Er war entschlossen, die Mitbewerber zu überbieten, und es wäre nach seinem Herzen gewesen, die Versteigerung schon kommenden Tages vornehmen zu lassen. Doch mochte er sich nicht dem Vorwurf oder Selbstvorwurf einer eigensüchtigen Pflichtverletzung aussetzen, und so sollte die Versteigerung erst in zwei Wochen geschehen, damit auch auswärtige Falkenliebhaber benachrichtigt werden und sich einfinden konnten. Wie das vor jeder öffentlichen Versteigerung hergebracht war, wurde also der städtische Ausrufer mit seinem hölzernen Klappergerät zu wiederholten Malen durch die Straßen geschickt, und er hatte nicht nur Gegenstände, Ort und Zeit der Versteigerung bekanntzumachen, sondern auch die Flucht des Falken auszurufen, seine Kennzeichen zu beschreiben und unter Angabe der ausgesetzten Belohnung zu seiner Wiedereinbringung aufzufordern. Und Briefe nämlichen Inhalts wurden an die außerhalb der Stadt lebenden Glieder der Falkenbruderschaft gesandt, die gleichzeitig zur Besichtigung der beiden Vögel eingeladen wurden. Niemand aber konnte sie mit größerer Anteilnahme und Erregung besichtigen als Albinelli selbst, der sie ja jetzt in seinem Hause hatte und viele Stunden bei ihnen verbrachte, vergeblich bemüht, sich zu entscheiden, welchem von beiden er den Vorzug geben sollte. Sein erster Gang des Morgens, des Abends sein letzter führte zu den Falken. Im übrigen erwuchs ihm in dieser Zeit aus seiner Testamentsvollstreckerschaft noch eine ziemliche Reihe von Obliegenheiten; nicht anders erging es den Erben und insonderheit Cecco dem Hinker.

Cecco hatte während jener Versammlung im Stadtpalast einen Überdruß an all den Förmlichkeiten und umständlichen Erörterungen empfunden und deren Notwendigkeit nicht recht einsehen können, darum hatte er auch das Wort nicht ergreifen mögen. Er war froh gewesen, daß alles mit des Priors Hilfe zu einem guten Ende gekommen war, und er kostete diese Freudigkeit weiter aus, bald indem er bedachte, daß er einen auf seine Art hervorragenden Mann zum Vater gehabt hatte – denn es fiel ihm nicht ein, dem Falkenmeister in seinem Herzen einen Vorwurf daraus zu machen, daß er sich nicht bei Lebzeiten zu ihm als seinem Sohne bekannt hatte –, bald indem er allerlei Träumen von seinem neuen Wohlstande und seinem künftigen Leben nachhing. Und hierbei erfüllte ihn sehr lebhaft der Gedanke an eine gewisse junge Witwe, der er seit längerem eine heimliche Neigung zuwandte, ohne daß die Frau

ihn bisher viel beachtet hätte; allein wie hätte er das auch erwarten sollen?
Die Witwe war die Tochter eines Metzgers, der an den Falkenmeister eine Forderung hatte und deshalb auch im Stadtpalast gewesen war. Sie selber führte den hübschen Kramladen ihres Mannes weiter, und der Hinker pflegte hier seine recht bescheidenen Einkäufe zu machen. Als er noch am Tage jener Erbenversammlung mit klopfendem Herzen den Laden betrat, da kam die Witwe geschwind hinter ihrem Tisch hervor, streckte ihm die Hand hin und beglückwünschte ihn mit vielen freundlichen Worten; denn sie wußte durch ihren Vater von der Erbschaft. Und wenn er irgend einen Wunsch habe – selbstverständlich könne er alles auf Rechnung nehmen, mit dem Zahlen habe es Zeit bis nach der Versteigerung.
Von nun an kam er häufig, ließ sich diese und jene Ware geben, sie plauderten miteinander und gerieten in eine angenehme Vertraulichkeit. Die Witwe sprach davon, wie ihrem Geschäft eine männliche Hand fehle und wie prächtig es sich mit einigem Gelde würde vergrößern lassen. Cecco traute sich freilich noch nicht, ihr unumwunden seine Wünsche zu gestehen, obwohl sie ihm manche Ermunterung zuwandte. Aber er hatte ja noch nicht Zeit gehabt, sich aus seinem bisherigen Stande gänzlich

in seinen neuen hinüberzuleben, und das war auch mit mancherlei Schwierigkeiten verbunden. Besonders zeigte es sich, daß mit jener Erbenversammlung und der Erklärung des Priors noch keineswegs alles in die Reihe gebracht war. Da war es gut, daß die Witwe eine hilfsbereite Gesinnung hatte und Ratschläge zu geben wußte.

Der Seidenhändler rühmte vor seiner Frau den christlichen Sinn des Priors, der es abgelehnt habe, sich an unrechter Habe zu bereichern, und sagte, sie könnten mit dem bisherigen Verlauf und auch mit der Flucht des Falken sehr zufrieden sein, denn nun würden doch die beiden verbliebenen Vögel im Werte steigen. Die Frau fragte, ob er seinen Gedanken über das Verhältnis der Teilung aufgegeben habe. Der Seidenhändler erwiderte: »Keineswegs. Ich habe die Absicht, noch heute Herrn Albinelli aufzusuchen und auf vier Fünfteln des Erlöses zu bestehen.«

Albinelli hatte gemeint, nach der Erklärung des Priors und nach dem Eindruck, den sie hervorgerufen hatte, erübrige es sich, auf kleine Einwände noch Bedacht zu nehmen, und so glaubte er auch fest, der Seidenhändler werde auf seinen unsinnigen Vorschlag hinsichtlich der Teilung nicht zurückkommen, sondern dem Hinker ohne weiteres die Hälfte des Erlöses lassen. Er war erstaunt und entrüstet, als der Seidenhändler bei ihm erschien und ihm erklärte, er müsse gegen die Versteigerung Einspruch erheben, solange die Frage der Teilung zwischen seiner Frau und dem Hinker nicht geklärt sei. Er habe diesen Einspruch im Stadtpalast gültig vorbringen wollen, sei aber daran gehindert worden, da ja Herr Albinelli die Versammlung vorzeitig geschlossen habe.

Albinelli machte ihm Vorhaltungen und ließ ihn seine Geringschätzung merken. Der Seidenhändler beharrte auf seinem Kopf. Zuletzt erklärte Albinelli: »Der Einspruch, wenn er denn überhaupt so genannt werden darf, bezieht sich nicht auf die Tatsache oder Form der Versteigerung, sondern nur auf die vorgesehene Teilung des Erlöses. Also hat er, selbst wenn ein gerichtliches Urteil ihm stattgäbe – doch ist ein solches Urteil nicht denkbar! –, auf die Versteigerung selbst keinen Einfluß. Ich werde darum die Versteigerung vor sich gehen lassen, wie sie anberaumt ist. Falls es dem Einspruch gelingen sollte – es wird ihm nicht gelingen –, einen vorläufigen Gerichtsbeschluß zu erwirken, so kann nach geschehener Versteigerung die Teilung des Erlöses immer noch bis zum Ergehen eines endgültigen Urteils ausgesetzt werden.«

Mit diesem Bescheid entließ er grußlos den Seidenhändler. Dieser entfaltete in den nächsten Tagen eine große Geschäftigkeit. Zwar mußte er sich sehr schnell, nämlich schon bei seinem ersten Gang zur Behörde, davon überzeugen, daß er nicht die geringste Hoffnung haben durfte. Dafür jedoch ließ er sich von einem willfährigen Rechtskundigen ein Gutachten ausarbeiten, nach welchem es sicher schien, daß jedes Gericht ihm Recht geben müsse, selbst wenn die Klage erst nach der Versteigerung eingebracht würde. Eine Abschrift dieses Gutachtens sandte er Cecco zu und schickte ihm wenige Tage darauf einen Mittelsmann, der ihm mit einer Flut rechtsgelehrter Worte einschüchternd darlegte, er müsse den Prozeß verlieren. Der Seidenhändler biete ihm einen Vergleich: Cecco solle sich freiwillig mit einem Drittel des Erlöses begnügen, bevor er im Wege eines Rechtsstreites auf ein Fünftel gesetzt werde, wozu er noch die Kosten würde zu tragen haben.

Cecco hörte ihn an, mißgelaunt und beängstigt, und ließ ihn endlich gehen, ohne eine klare Antwort gegeben zu haben. Der Mann kam wieder, Cecco wich ihm aus, die Sache sprach sich herum, andere Rechtskundige traten auf und boten ihm ihren Rat und ihre Hilfe gegen den Seidenhändler an. Und damit er sich ihrer bediene, stellten sie ihm seine Lage als gefährlich hin. Die Witwe redete auf ihn ein; es gelang ihr mit großer Mühe, ihn von dem

Vergleiche abzuhalten, doch war auch sie ein wenig beunruhigt. In seiner Verwirrung tat Cecco schließlich nichts, und das war wohl auch das beste. Mittlerweile kamen allerlei Schriftstücke von Albinelli, die er sich vorlesen lassen mußte und die irgendeine Entscheidung verlangten, Mitteilungen über Kanzleigebühren und Abgaben und darüber, daß bei der Wiedereinbringung des flüchtigen Vogels die ausgelobte Belohnung von allen Einzelvermächtnissen anteilsweise aufzubringen sei, und dergleichen mehr. Da mußte er denn mit der Witwe beraten, die bei aller Freundlichkeit manchmal ungeduldig wurde, und da mußte er an Unterschriftsstelle seine drei Kreuze unter allerlei Papiere setzen, deren Inhalt ihm nicht verständlich geworden war. Er hatte die Meinung, das alles könne nicht in Ordnung sein, von Natur sei es einfach und klar: versteigert den Falken und gebt mir mein Geld, aber laßt mich mit allem übrigen zufrieden!

Auch sonst hatten sich seine Lebensumstände geändert. Die Menschen begegneten ihm anders als bisher, viele indem sie ihm auf eine rohe Weise schmeichelten, andere indem sie ihn an erwiesene Freundlichkeiten erinnerten, deren Wert sie übertrieben. Es wurden ihm Darlehen angeboten und allerlei bewegliche und unbewegliche Besitztümer zum Kaufe vorgeschlagen. Leute luden ihn ein, wollten ihn zu Teilhaberschaften gewinnen, und Väter und Mütter, die bisher an seiner Unehelichkeit ihren Anstoß genommen hatten, stellten ihm aufdringlich ihre Töchter zur Schau und gingen schulterklopfend mit ihm um wie mit einem Schwiegersohn, was wiederum der Witwe zu Vorwürfen Anlaß gab. Dies verwirrende Gewoge, in welchem ein jedes Ding seinen Kaufpreis hatte, setzte ihm zu, und die erste Freudigkeit war erloschen. So wünschte er denn mit großer Ungeduld den Tag der Versteigerung herbei, der all dieser Beschwernis ein Ende geben sollte. Und doch überkam ihn mitunter eine Ahnung, auch die Versteigerung werde ein solches Ende nicht bringen.

In der Stadt, von der ja gesagt wurde, daß sie auf einem Felsenstock errichtet war, ragten die eng aneinander gebauten Häuser sehr hoch und sehr schlank empor, denn der Raum war kostbar. Trotzdem hatte die Stadt einen sehr ausgedehnten Marktplatz, und das, obwohl viele Leute sagten, man solle ihn verkleinern und den freiwerdenden Raum zu Baugrundstücken verkaufen. Besonders wurden solche Stimmen laut aus den Kreisen der Handwerkerszünfte, die, bisher vergeblich, ihren Anteil am Stadtregiment begehrten; ihnen pflegte erwidert zu werden, das hieraus zu lösende Geld würde bald in allerlei kurzlebigen Ausgaben verzettelt sein, der

weite Platz aber sei ein Ruhm und ein Stolz für die ganze Stadt und solle das auch für jede künftige Zeit bleiben; er müsse so groß sein, um ein rechtes Verhältnis zu der stolzen Höhe der ihn umgebenden Baulichkeiten zu haben. In der Tat war der Platz mit dem kuppelgekrönten Dom, dem Stadtpalast, den beiden kunstvollen Brunnen und der erhöhten Säulenhalle wie ein Saal, den ein bedeutender Baukünstler aus reifer Gesinnung und aus sicherer Kenntnis aller Maße und Harmonien angelegt hat. Blickte man aus der nach dem Platze zu offenen Säulenhalle hinaus, so gewahrte man zur Linken die ruhevoll geschwungene Domkuppel wie ein Abbild des ruhevollen Himmelsgewölbes und zur Rechten den überaus hohen Turm des Stadtpalastes, der in seiner edlen Schlankheit zum Himmel hinaufschoß wie ein kühner Vogel.
In dieser Säulenhalle, zu welcher eine Reihe von Stufen hinaufführte, sollte die Versteigerung stattfinden, und es war an einem hellen, schon frühlingshaften Tage des Monats Februar. Am Vorabend hatte es geregnet, jetzt schien die Sonne, der Himmel war von einem lichtvollen Blau und die Luft von einer großen Reinheit. Unten auf dem weiten Platz drängte sich eine vielköpfige Menge von Zuschauern, und es war ein reichliches Kommen und Gehen auf den Stufen. Oben in der Säulenhalle

waren sie alle versammelt, die mit dem Vorgang zu schaffen hatten: Albinelli, der städtische Versteigerer, der Prior, der Armenpfleger, Cecco mit seiner Witwe und die Seidenhändlersleute mit ihren beiden Kindern, einige der Gläubiger und die Magd des Falkenmeisters. Diese bekam wohl hier und da ein hartes oder spöttisches Wort zu hören, doch nahm sie das ergeben in den Kauf und hätte es für unmöglich gehalten, der Versteigerung fernzubleiben. Die Kutte des Priors, die schlichten Kleidungen der einfachen Leute ließen sich von unten her kaum wahrnehmen unter dem ritterlichen Glanz der Kauflustigen und Neugierigen in der Säulenhalle. Denn da hatten sich alle Falkenliebhaber der Stadt eingefunden und sehr viele Herren und Damen, die von auswärts mit ihrer Dienerschaft in die Stadt gekommen waren und von denen sich die Gastwirte und Geschäftsleute mancher Einnahmen versahen. Reich und buntfarbig bewegte sich alles, was Namen, Herrschaft, Besitz und altes Ansehen hatte, unter Begrüßungen und Gesprächen dort oben vor den Augen des Volkes wie auf einer Bühne. Es waren wohlbeschaffene Frauen darunter, gebieterische Greise und ritterliche junge Männer, schlanke und mutige Gestalten, und die silbernen Ketten der Falkenbruderschaft blitzten im Licht, so daß es ein schöner Anblick war; und auch das einfache Volk, das sich häufig von Bedrückungen und Hochmut des Herrenstandes zu Neid und Zorn getrieben fühlte, vergaß solche Empfindungen und freute sich an dem festlichen Schauspiel wie am neu aufgestellten Bilde eines Malers in einer seiner Kirchen.

In der Mitte der Halle, dicht neben den abwärtsführenden Stufen, standen zwei Käfige mit den Falken, auf dem Tische daneben lag allerlei Falknereigerät, ein Schreiber saß dabei, und hier hatte auch der Versteigerer seinen Platz.

Albinelli bat ein sehr junges Mädchen, das in Begleitung des Vaters und der Brüder gekommen war, ihm beim Losen zu helfen. Das Mädchen nickte eifrig und mußte sich oben auf die Treppe stellen, so daß es die Falken im Rücken hatte. Da stand es nun in seinem hellblauen Kleide mit den silbernen Gürtelschließen auf einem für die ganze Volksmenge sichtbaren Platz. Es errötete vor so vielen Blicken, schlug die hübschen schwarzen Augen nieder und lächelte in einer anmutigen Verlegenheit; denn es widerfuhr ihm zum ersten Male, daß es in einer öffentlichen Handlung mitzuwirken hatte.

»Soll dieser Falke, auf den ich zeige, als erster oder als zweiter versteigert werden?« fragte Albinelli.

»Als . . . als erster«, sagte das Mädchen.

Albinelli trat zu ihr auf die Treppe und dankte ihr.

Darauf gab er ihr seinen Arm und führte sie den Ihrigen wieder zu.
Nun winkte er dem Versteigerer, anzufangen, der tat seinen Ausruf, und die Gebote, schon in stattlicher Höhe beginnend, folgten einander sehr geschwind. Das Volk auf dem Platze nahm an einem jeden seinen laut geäußerten Anteil; es war in einem Gemütszustand wie bei einem Pferderennen, und es wurden sogar Wetten abgeschlossen, wem der Vogel zufallen und welche Höhe der Preis erreichen werde.
In diesem hitzigen Kampf um den ersten Falken hielt Albinelli sich gänzlich zur Seite. Die Begierde nach dem Erwerb eines Vogels beherrschte ihn freilich noch in unverminderter Stärke; ja, sie war mit dem Näherrücken der Versteigerungsstunde gewachsen. Allein er war hier gleichsam Hausherr, und so hielt er es für eine Pflicht der Höflichkeit, den Gästen den Vortritt zu lassen, und dieser Pflicht ordnete er mit einer großen Anstrengung des Willens sein heftiges Verlangen unter. Erst bei der Versteigerung des zweiten Vogels wollte er bieten.
Endlich wurde der Falke um einen recht hohen Preis einer verwitweten ländlichen Grundherrin zugeschlagen, der einzigen Frau, welche der Bruderschaft zu St. Georg vom edlen Falken als nahezu gleichberechtigtes Glied angehörte. Der Armen-

pfleger rechnete nach und fand, daß die nach Abzug der Schulden verbleibende Summe seine Erwartungen noch um einiges überstieg.

Nach einer kurzen Pause sollte die Versteigerung des zweiten Vogels beginnen. »Gib acht«, sagte der Seidenhändler zu seiner Frau, »der wird mehr bringen. Albinelli hat noch nicht geboten. Und jetzt treten ja auch meine Männer auf den Plan.« Diese Männer waren einige heruntergekommene und verschuldete Edelleute – denn dem gemeinen Volk stand der Erwerb und das Halten von Beizvögeln nicht zu –, die sich gegen eine Vergütung bereit erklärt hatten, zum Scheine mitzubieten, um den Preis in die Höhe zu treiben. Die Erben und ihr Anhang drängten näher heran. Neben dem Seidenhändler stand mit verkniffenen Lippen seine Frau und hielt an jeder Hand eins ihrer Kinder in Sonntagskleidung. Die Kramhändlerswitwe preßte unter allerlei Ausrufen Ceccos Arm; dann wieder löste sie sich von ihm, lief umher, sprach viel von der Schönheit des Vogels und gebärdete sich sehr wichtig und aufgeregt, als habe sie die Pflicht, durch ihr Gerede die Kauflust und Anteilnahme der Menschen zu steigern. Demgegenüber bekundete der Hinker eine geringe Aufgeschlossenheit. Ja, sein Gesicht hatte einen störrischen Ausdruck, und die meisten der ermunternden oder scherzhaften Zurufe, die an ihn gerichtet wurden, ließ er unbeantwortet.

Albinelli gab das Zeichen zum Beginn, und schon nach den ersten Geboten setzte er selber ein. Andere Städter überboten ihn, des Seidenhändlers Leute nannten hohe Zahlen, und das horchende Volk, das ihre Umstände kannte, antwortete darauf mit Gelächter und höhnischen Zurufen. Um ein Haar wäre einem von ihnen der Vogel zugeschlagen worden, denn wie auf Verabredung warteten Albinelli und die übrigen Bewerber einmal fast bis zum dritten Hammerschlag, ehe sie ihr höheres Gebot einwarfen.

Inzwischen war in der Volksmenge unten auf dem Platz eine Bewegung entstanden, deren Ursache von oben her noch nicht erkennbar war. Sie breitete sich aus, sie teilte sich den Menschen in der Säulenhalle mit, und nun trat eine Stockung in das Ausrufen und Bieten. Der Lärm auf dem Platze schwoll an, die Rufe pflanzten sich weiter und wurden vernehmlicher; und obwohl viele zuerst an ein Mißverständnis oder ein falsches Gerücht hatten glauben wollen, so gab ihnen die Wahrnehmung ihrer Augen gleich darauf die Bestätigung des von den Ohren Gehörten; denn durch eine Gasse, die sich inmitten der Menge bildete, ritt ein ältlicher Grundbesitzer aus der Umgebung der Stadt, der den meisten wohlbekannt war, und hinter ihm ein Jäger-

bursche, auf dessen Handschuh der entflogene Falke saß, die Haube auf dem Kopf, Fessel und Schelle am Ständer.
Albinelli sagte aufgeregt zu seinem Schreiber: »Notiere das letzte Angebot und den Namen des Bieters. Die Versteigerung wird ausgesetzt.«
Am Fuß der Säulenhalle stiegen die Reiter von ihren Pferden. Sie schritten hinauf, und es war beiden anzusehen, wie sie eine Freude daran hatten, daß sie nun den Mittelpunkt eines solchen geräuschvollen Gewoges von Begrüßung, Verwunderung und Neugier ausmachten. Der Grundbesitzer ließ seinen Burschen erzählen, und dieser berichtete nun, wie sich der Falke durch einen sehr seltenen Zufall in einer hoch gelegten Schlinge verfangen hatte; ehe er sie noch hatte zerreißen können, hatte der Bursche ihm geschwind ein Tuch gleich einer Falkenhaube über den Kopf geworfen.
Albinelli dankte dem Herrn und ließ dem Burschen die Belohnung auszahlen. Eine Weile noch ging ein sehr belebtes Gespräch in der Säulenhalle hin und her. Jeder wollte den Falken sehen, jeder sich davon überzeugen, daß er in seiner Freiheit keinerlei Beschädigung erlitten hatte. Die Magd trat an ihn heran, betrachtete ihn eine Weile, schüttelte dann den Kopf und sagte mit einem Seufzer: »Viel Ärger und Sorge hast du mir gemacht.«

Nachdem wieder ein wenig mehr Ruhe eingekehrt war, erklärte Albinelli, es solle nun in der Versteigerung fortgefahren werden. Zuvor aber wolle er allen ins Gedächtnis rufen, daß nun der ursprüngliche Zustand und die ursprüngliche Reihenfolge wieder hergestellt seien, und daß die Teilung des Erlöses so zu geschehen habe, wie es vor der Flucht des Falken beschlossen war. »Es sei denn«, so fügte er spöttisch hinzu, »einer der Erben habe inzwischen einen anderslautenden Gerichtsbeschluß erwirkt.« Der Seidenhändler sagte nichts. Einige aber lachten.

Die Versteigerung nahm also ihren Fortgang, doch blieben die Gedanken der Leute so sehr dem dritten Falken zugewandt, daß sie sich um die Versteigerung nicht sehr kümmerten. Der Seidenhändler gab seinen Männern einen Wink, mit dem Bieten aufzuhören, denn es war ihm ja nun an einer hohen Bewertung des zweiten Vogels nichts mehr gelegen. Die Frau sagte mißmutig: »Jetzt sind es wieder drei, das wird den Preis drücken.« Der Mann antwortete: »Siehst du nicht, wie sich alle um den dritten drängen? Er wird den höchsten Preis von allen bringen.« Es war merkwürdig, daß seine Flucht, die doch als Hinweis auf einen mangelhafteren Grad der Abrichtung hätte gedeutet werden können, dem dritten Falken zum Lobe ausgelegt wurde; es war,

als wollte man Kraft und Freiheitssinn in ihr erblicken, und man fühlte sich geneigt, den Geist der Unordnung und Verstörung, der nach dem Tode seines Herrn von ihm Besitz ergriffen hatte, für das Zeichen seiner edlen Art zu nehmen, und so wollte er manchem als der schönste, der kräftigste und der begehrenswerteste erscheinen.
Auch Albinelli bot nicht mehr mit, alle seine Gedanken waren auf den wiedereingebrachten Flüchtling gerichtet. Er freilich glaubte, nun wieder um der Höflichkeit willen den anderen Bewerbern den Vortritt zu lassen; doch, ihm selber unbewußt, zog ein gebieterischer Drang ihn zu dem dritten Vogel, als hingen für ihn Glück und Leben von dessen Besitz ab, und zugleich fühlte er sich von der Vorsehung dafür belohnt, daß er seine anfängliche Begierde bezwungen und sich zu diesem höflichen Zurücktreten genötigt hatte.
Den zweiten Falken erwarb ein städtischer Liebhaber; der Preis blieb um ein wenig hinter dem des ersten Vogels zurück.
Albinelli nahm die Summe in Empfang. Als die Geldstücke durchgezählt waren, ließ er sie wieder in den leinenen Beutel zurücktun, in welchem sie gebracht worden waren, und übergab den Beutel dem Prior. Der Prior beugte sich über den Tisch und unterschrieb die Quittung. Dann richtete er sich in

seiner stolzen Art auf und sagte lächelnd: »Ich habe namens meines Klosters eine Schenkung gemacht, und Schenkungen sollen auch bei veränderten Umständen nicht zurückgenommen werden. Die Messen werden gelesen werden. Und ich möchte auch gelten lassen, was in jener Versammlung einer der Erben, ob auch wohl aus einer anderen Gesinnung, gesagt hat, nämlich der damals entflogene Vogel möge die Seele des Abgeschiedenen in den Himmel getragen haben. Denn man stellt sich die Seele wohl gern unter dem Bilde eines Falken vor als eines dem Himmel zuschießenden Geschöpfes voll ursprünglichen Adels. Den Beutel mit dem Gelde, auf das wir bereits verzichteten, übergebe ich Herrn Amerigo della Ripa, der es für die städtischen Armen verwenden wolle.«

Diese Erklärung des Priors fand viel Beifall und Bewunderung. Der Armenpfleger dankte ihm und nahm den Beutel in Empfang. Manche klatschten in die Hände, und so tat es auch Cecco. Die Witwe aber zupfte ihn vertraulich am Ärmel, lächelte ihm zu und sagte: »Der Mann sitzt hinter seinen Klostermauern. Der weiß wenig, was Geld wert ist. Nun, seine Narrheit geht niemanden an als ihn und seine Mitbrüder.«

Darauf ließ Albinelli durch den Versteigerer eine Pause ausrufen, denn es sollte allen eine Muße ge-

boten werden, den dritten Falken gründlich zu betrachten und sich ein Urteil über seinen Wert zu bilden. Unter jenen, die den Trieb hatten, den Falken unter Abnehmen und Wiederaufsetzen der Haube sehr genau in Augenschein zu nehmen, war auch Cecco der Hinker, doch hielt er sich zurück, bis die übrigen Betrachter und Prüfer zu Ende gekommen waren. Endlich trat er an den Tisch heran, auf dem, durch Kurz- und Langfessel gesichert, der Falke hockte, der durch die vielen Menschen und das Gewirr ihrer Stimmen beunruhigt schien. Cecco sah ihn eine längere Weile stumm an und ergriff darauf einen der auf dem Tische liegenden schwergepolsterten Falkenhandschuhe, wie man sie braucht, um die Haut vor den kratzenden Vogelkrallen zu schützen, wenn man einen Falken auf die Faust nimmt. Er legte ihn an und setzte den Falken darauf; und das Tier, das vorher, mit sträubigem Gefieder, zornige und abweisende Bewegungen gemacht hatte, war jetzt ruhig, ja, es gab Zeichen einer vertraulichen Willigkeit zu erkennen. Cecco hielt den behandschuhten Arm halb ausgestreckt, den aufmerksamen Blick auf den Vogel gerichtet, und nun stießen ein paar Leute einander an und sagten erstaunt: »Seht doch! Wie ähnlich er dem Alten ist!«
Cecco achtete nicht darauf. Er nahm dem Falken die Kappe ab und freute sich an den klaren Augen des

Tieres, und es erschien ihm als ein Inbild aller königlichen Herzensfreiheit. Die Witwe drängte sich an ihn und sprach von hohen Geldsummen und glücklichen Zukunftsaussichten. Der Seidenhändler, dem Cecco während der ganzen Veranstaltung aus dem Wege gegangen war, rief ihm zu: »Hinker, wie gefällt dir unser Vögelchen? Und wie steht es mit dem Drittel? Du würdest dir bittere Vorwürfe machen, wenn das Gericht dir hernach nur ein Fünftel zuspräche. Lasse dir raten, nimm den Vorschlag an.«

Cecco machte mit den Schultern eine Bewegung des Widerwillens. Die Bewegung teilte sich dem rechten Arme mit, der Falke mochte sie spüren und wandte den kräftigen, kurzen Kopf mit den scharfen Augen dem Hinker zu. Cecco winkelte den Arm ein und brachte den Falken seinem Gesicht noch näher. Und wie er das Bild des schönen, edlen Tieres, das kraftvoll und gesammelt auf seiner Faust saß, in sich hineinnahm, da wurde der Ekel in ihm übermächtig: der Ekel davor, daß dieses Stück freien und göttlichen Lebens zu einer Handels- und Streitware gedrückt wurde; der Ekel daran, daß alles um Geld zu Markte stand, und der Schrecken darüber, daß all diese krämerische Zänkerei ihn selber zu umschließen trachtete und daß vielleicht sein ganzes künftiges Leben von dieser Welt der

Kaufpreise und Marktgängigkeiten eingesogen werden sollte. Und er selber mit seinen Plänen und Wünschen erschien sich nicht weniger verächtlich wie ihm der Seidenhändler und in diesem Augenblick auch die geliebte Witwe erschienen.

Cecco atmete schwer. Er hielt den Blick immer noch auf die Augen des Falken gerichtet. Die linke Hand aber glitt an den Ständern des Vogels hinab, als prüfe sie deren festen Bau. Mit ein paar raschen Griffen streifte sie die Fesseln ab. Cecco hob den rechten Arm wie in jener Bewegung, mit welcher der Beizjäger den Falken gegen das Wild anwirft. Es war, als zögere der Falke einen winzigen Augenblick hindurch. Dann spannte er die Schwingen aus, und gleich danach blitzte sein lichtes Gefieder in der Frühlingssonne, hoch oberhalb der Volksmenge des Stadtplatzes.

Einige Sekunden hindurch war es sehr still. Dann hatten sich die Kinder des Seidenhändlers von der Hand ihrer Mutter losgerissen und jauchzten mit ihren hellen Stimmen sehr laut auf, indem sie dem entfliegenden Falken nachdeuteten.

Cecco sah hinter dem Vogel her und lächelte. Und als hätte sich nun augenblicks seine alte Neigung zu jeder Spaßhaftigkeit und Selbstverspottung wieder eingestellt, zwinkerte er halb verzweifelt, halb belustigt, schlug sich mit der Hand gegen die Stirn und rief: »O, ich ungeschickter Pinsel! Ich werde nie zu etwas tauglich sein! Da habe ich ihm wahrhaftig die Fesseln gelockert!«

Mittlerweile brausten erregte Aufschreie durch die Halle und über den Platz. Manche aus der Menge stießen törichte Lockrufe aus. Fuchtelnde Hände deuteten zur Höhe. Der Falke aber hatte die Domkuppel, die hohen Häuser, den schlanken Turm des Stadtpalastes bereits unter sich gelassen. Von den schwärzlichen und schieferblauen Flecken seines Gefieders war längst nichts mehr wahrzunehmen. Nur das reine Weiß leuchtete, immer kleiner werdend, silberfarben im blauen und sonnigen Himmel.

Die Seidenhändlersleute und die Witwe lösten sich aus ihrer Erstarrung und wollten sich mit geballten Fäusten zu Cecco hindurchzwängen. Allein er hatte sich gleich nach seinen letzten Worten abgewandt und ging rasch davon, die Stufen hinab und durch die Volksmenge, die sich ihm öffnete. Seine Schritte federten, und niemand dachte daran, daß er ein Hinker war.

Das Augenmerk der Menschen oben in der Säulenhalle aber richtete sich auf Albinelli, und sie kümmerten sich weder um das Wehklagen der Witwe noch um das Wutgeschrei der Seidenhändlersleute, die auf den Prior, auf den Armenpfleger eindrangen

und nicht begreifen wollten, daß doch über den Erlös des zweiten Falken unwiderruflich verfügt war. Albinelli stand vorgebeugt und stützte sich auf den Tisch. Der große, schwere Körper zitterte. Viele gewahrten jetzt zum ersten Male die Spuren des beginnenden Alters auf der Haut des Halses und Gesichtes, das von seiner frischen rötlichen Farbe verlassen worden war. Und so bot er das Bild eines Mannes, dem der Gegenstand seiner leidenschaftlichsten und vielleicht einzigen Begierde ganz nahe vor Augen gestanden ist und plötzlich, da er ihn schon zu greifen meinte, in eine Uneinholbarkeit entrückt wurde. Alle betrachteten ihn voller Mitleid, und sie wußten wohl, daß nur seine vornehme Höflichkeit ihn gehindert hatte, sich gleich den ersten Vogel zu sichern; manche kehrten auch die Blicke schonungsvoll von ihm ab.
Plötzlich hob er den Kopf. Sein Gesicht nahm eine bräunlichrote Färbung an; die Augen flammten. Er ballte die Fäuste und rief: »Bringt mir den Lumpen her!« und setzte, ein wenig leiser, hinzu: »Er hat mich um meine letzte Freude gebracht.« Aber diese Worte, über denen er kaum die verbissenen Zahnreihen voneinander löste, klangen grimmiger und drohender als der laute Befehl. Danach senkte er wieder den Kopf und bedeckte die Augen mit der rechten Hand, und es war von seinem Gesicht

nichts zu erblicken als die Falten der hohen, wölbigen Stirn und das Zucken seiner Mundwinkel.
Ein paar Leute gingen, um den Hinker zu holen. Der Prior sah auf Albinelli und sagte halblaut zu einigen der neben ihm Stehenden: »Das Buch des Kaisers Friedrich kann ihm nicht fortfliegen. Es hat zwar nicht die Kostbarkeiten eines solchen Falken, aber seine Kostbarkeit hat es auch. Und wenn von den drei Falken und von allen, die hier versammelt sind, keiner mehr am Leben ist, dann werden Albinellis Nachkommen sich noch an ihm erfreuen und vielleicht von manchen darum beneidet werden.«
Als Albinelli endlich die Hand von den Augen sinken ließ, stand Cecco vor ihm. Albinelli richtete sich aus seiner zusammengesunkenen Haltung auf, holte tief Atem und sagte: »Ich sollte dich wohl schelten, denn du hast mir einen sehr großen Schmerz bereitet. Aber dein verstorbener Vater hat ja Falken nicht gezogen um des Gewinnes willen, obwohl er wie jeder Mensch auch an seinen Lebensunterhalt zu denken hatte. Und wir jagen mit dem Falken nicht nur einer Leidenschaft oder gar Zeitverkürzung zuliebe. Sondern unser aller wahrer Grund ist dieser: daß im menschlichen Herzen etwas beschlossen liegt, welches der Sinnesart des Falken entspricht.«
Mit diesen Worten löste er die silberne Kette der

Falkenbruderschaft von seinem Halse und legte sie dem Hinker um.

Es blieb still. Niemand klatschte Beifall. Aber allen bebte das Herz in Ehrfurcht, in Scham oder in Erhebung.

Novelle und Gegenwart

Die Novelle als Kunstform ist in Deutschland erst seit der Ära Goethes und der Romantiker bekannt. Vorher hat es allenfalls zugespitzt erzählte Geschichten gegeben, spannende, unterhaltende, moralisierende, erheiternde. Noch Lessing fehlt der Begriff der Novelle so sehr, daß er, Substantiv und Adjektiv verwechselnd, den Titel der Cervantes-Novellen »Novelas Exemplares«, also beispielhafte, in Goethes Redeweise »musterhafte« Novellen mit »Neue Beispiele« wiedergab.
Goethe und die Romantiker haben das Wesentliche zur Begriffsbestimmung der Novelle getan. Die Schlegelsche Theorie führt den Gedanken des Wendepunktes ein, Tieck greift ihn auf und macht ihn populär. Doch hat dieser Begriff zunächst nicht recht fruchtbar werden wollen, vielleicht weil Tieck, als er ihn 1829 verkündete, nicht mehr über die novellistische Kraft seiner jüngeren Jahre verfügte, sondern in seinen Novellen in ein redseliges Räsonieren und Theoretisieren gekommen war, unter dem die unerhörte Begebenheit ihre Konturen

verlieren mußte. Der Wendepunkt im Tieckschen Sinne banalisiert sich allzu leicht in eine Art von Bekehrungsgeschichte. Der Held gelangt in einem Akt der Umkehr zu einer neuen, vom Autor gebilligten Lebensauffassung, die der bisherigen entgegengesetzt ist; hierbei wird keine Rücksicht darauf genommen, ob nicht am Ende die früheren Auffassungen des Helden mit seinem Gesamtcharakter *eines* Ursprungs waren und somit schwer als änderbar vorzustellen sind. Ich finde dergleichen noch in Kellers Pankraznovelle; die hier im Sinne der Tieckschen Wendepunktslehre geschilderte Umkehr habe ich immer als eine Brüskierung des Lesers empfunden.

In neuerer Zeit hat der Wendepunktsgedanke Erweiterungen und Vertiefungen erfahren, die ihm eine gesteigerte Bedeutsamkeit gegeben haben. Der Wendepunkt erscheint nun als der Kairos, der Augenblick des Schicksalseinbruchs, und zugleich verliert er seine pedantisch anmutende Festlegbarkeit mit Hilfe von Kalender und Chronometer. Es ist die Begegnung des Menschen mit den Mächten des Schicksals als das Urmotiv aller novellistischen Kunst.

Voraussetzung dieser Begegnung ist das Geführtwerden in eine Grenzsituation. Dieser Terminus ist, wenn ich mich nicht irre, von Martin Heidegger gefunden worden, wenn auch ohne Beziehung auf die Novelle. Er konnte Goethe, den Brüdern Schlegel, Tieck, Heyse und Paul Ernst noch nicht vertraut sein. Aber die Sache, die er bezeichnet, kannten die älteren Novellisten sehr wohl; aus der Novellistik der romantischen Zeit, ja, aus der mittelalterlichen Novellenkunst der romanischen Völker läßt sich das ohne Mühe entnehmen. Der Mensch wird bis an seine äußersten Möglichkeiten gestoßen. Nackt steht er vor der Nacktheit des Schicksals, das ihm Untergang, Bewährung, vielleicht neue Erkenntnis zuspricht, – womit dann wieder an die ältere Wendepunktsauffassung angeknüpft wäre. In der Neigung zur Grenzsituation tritt uns klar der Ausnahmecharakter der novellistischen Begebenheit entgegen als der außerordentlichen, der unerhörten. Wir haben hier den Sonderfall, der dennoch etwas Urtypisch-Menschliches zu bekunden hat – eigentlich ein Widerspruch in sich selbst. Aber in diesem Widerspruch und seiner Auflösung scheint mir einer der tiefsten Reize der Novelle zu liegen.

Lange bevor die Grenzsituation mit Namen genannt wurde, hatte die Heysesche Novellentheorie das ihrige verrichtet. Paul Heyse selbst hat allerdings, hierin dem alternden Tieck ähnlich, nicht immer die Kraft oder nicht immer den Mut gefunden, sie in seiner eigenen Novellenproduktion auf eine dirigierende Art wirksam werden zu lassen. Dennoch sollte sein Verdienst um die Novelle nicht geschmälert werden. Zunächst hat er Isoliertheit, Abgetrenntheit als novellistische Merkmale erkannt und damit die Begebenheit auf sich selbst eingeschränkt und zum absoluten Mittelpunkt der Novelle gemacht, hiermit eine nicht unwichtige Abgrenzung gegenüber dem Roman und der Erzählung vollziehend. Die Novelle war nun deutlich in ihrem Solitär-Charakter erfaßt.

Wichtiger aber ist Heyses Falkentheorie, der mit Recht eine klassische Bedeutung zugeschrieben worden ist. Ich darf sie als in den Hauptzügen bekannt voraussetzen und mich auf die Beleuchtung eines einzelnen Punktes beschränken. Im Sinne der Heyseschen Theorie kann der Falke als Agens, als Leitmotiv, als Katalysator verstanden werden. Er kann ein lebendes Wesen sein, eben ein Falke wie in jener Novelle des Boccaccio, aus der Heyse den Begriff des novellistischen Falken ableitete, eine Pflanze, wie die Judenbuche der Droste, die Pferde des Michael Kohlhaas, ein Kind wie in Goethes großer, namenloser, weil keines Titels bedürftiger Novelle; häufiger noch wird es sich um einen unbelebten Gegenstand handeln, ein Schmuckstück, ein Dokument, ein Gerät, eine

Waffe, einen Landschaftsbestandteil, ein Bauwerk, einen Acker, eine Quelle – was Sie nur wollen! Und bloß an eine Bedingung ist der Falke gebunden: er muß ein Geschöpf oder ein Ding sein, dem Symbolträchtigkeit und Symbolkraft innewohnen. Dem Autor, der seinen Falken zum Symbolträger abrichtet, braucht das gar nicht bewußt zu sein; denn der Speicher, der die Symbole hütet, scheint im Unbewußten zu liegen oder, wie man in meiner Jugend sagte, im Unterbewußtsein.

Nun dünkt es mich aber geraten, die Heysesche Lehre etwas zu erweitern und vor einer Überschätzung des, wie man es heute nennt, »Dingsymbols« zu warnen. Will man nur das Dingsymbol als Falken gelten lassen, so wird man sich bald zu den wunderlichsten Verrenkungen genötigt sehen. Genau ebensogut kann der Falkendienst von einem Abstraktum verrichtet werden: von einer Sitte, einer Gewohnheit, einer das Leben beherrschenden Vorstellung, einer Erinnerung, einem Vorurteil, einem körperlichen oder seelischen Gebrechen, einem Charakterzuge, einer Verwirrung oder von sonst etwas dem Novellenhelden Eigentümlichen. Der Falke ist unendlicher Verkleidungen fähig, seine künstlerische Funktion wird dadurch nicht geändert.

Ich würde mich von Ihnen mißverstanden fühlen,

wenn Ihnen diese von mir angeführten novellistischen Theorien als eben bloße Theorien erscheinen wollten. In der Tat sind es Bemühungen um die Erkenntnis des spezifisch Novellistischen und damit um Gewinn und Bewahrung einer Kunstform. Es ist auch gewiß kein Zufall, daß bei solchem Bestreben das Wichtigste nicht von der Literaturwissenschaft beigebracht worden ist, sondern von den Dichtern, und insonderheit von den Novellendichtern selbst, unter denen in diesem Zusammenhang außer den bereits genannten auch noch Theodor Storm zu erwähnen wäre. Fassen wir alle diese Bemühungen um die Gesetze der Novelle zusammen, so dürfen wir wohl sagen, sie hätten nicht das empirische, wohl aber das idealische Bild der Novelle auch für unsere Epoche aufgerichtet.

Was hat es nun mit diesen Gesetzen auf sich? Woher nehmen sie ihre Vollmacht?

Es fällt uns auf, daß keine andere Gattung der Dichtkunst, abgesehen etwa vom Spezialfall des Sonetts – denn die Gesetze des Dramas sind heute in ihrer Gültigkeit bestrittener als je –, unter der Disziplin, aber auch unter dem Schutz so strenger Gesetze steht wie eben die Novelle.

Das Wort »Gesetz« darf Sie nicht befremden. Wir sprechen von Gesetzen, könnten aber ebensogut von primären Merkmalen sprechen. Denn diese

Gesetze sind ja nicht erlassen, sondern sie sind wie Naturgesetze aufgefunden worden. Sie haben keine Willkür, sie liegen in der Sache. Sie wurden der Novelle nicht auferlegt, sie wurden an ihr abgelesen. Mit der Zeit entdeckte man in den Novellen und besonders in den vorzüglichsten ihrer Gattung gemeinsame Züge. Zugleich glaubte man zu gewahren, daß eine Geschichte einen unbefriedigt ließ, wenn bestimmte Eigentümlichkeiten ihr mangelten. Man verglich, man machte sich Gedanken, und ganz von selbst erlangten die den meistbewunderten Novellen gemeinsamen Züge den Rang von Kriterien. So etwa stelle ich mir die Genesis dieser Gesetze vor.

Wie alle zu Recht bestehenden Formgesetze, und das heißt: wie alle künstlerischen Gestaltungsprinzipien, sind sie also nicht gemacht worden, sondern entstanden: genita, non facta. Sie sind unbewußt geübt worden, lange bevor es Theorien der Novelle gab. Sie gehen in sehr alte Zeiten zurück. Ich mache mich anheischig, ihre Grundformen bereits bei Herodot nachzuweisen, der ja nicht nur, wie die Alten ihn nannten, der Vater der Geschichte, sondern auch einer der Väter der Geschichten gewesen ist. Wir finden sie teilweise in den Märchen der Tausendundeinen Nacht und selbst in der alten Novellistik der Chinesen, denen wohl niemand eine Beeinflussung durch europäische Literartheoretiker wird zuschreiben wollen, die aber, ohne es zu wissen, oft nach diesen Grundformen der Novellengesetze gehandelt haben. Die Gesetze müssen also doch wohl einem ästhetischen Urbedürfnis der Menschen entsprechen, einem Bedürfnis, dem eine unerschöpfliche Fabulierlust und Erfindungsfreudigkeit zu antworten hatte und noch heute zu antworten hat. Übrigens sorgt die Fabulierlust auch dafür, daß die Handlung nie von der Reflexion erstickt wird, und sie bekundet sich ferner darin, daß die Novelle selten als Einzelschöpfung eines Dichters auftritt; die meisten wirklichen Novellisten haben mit oft überraschender Fruchtbarkeit Novellen in großer Zahl geschrieben.

Es versteht sich von selbst, daß im Revier der Kunst kein Gesetz eine solche Ausnahmslosigkeit und Unerbittlichkeit haben kann, wie sie etwa von den Gesetzen der Mathematik beansprucht wird. Dem steht glücklicherweise die Individualität des Autors im Wege, seine Begabung und Art, ferner der Stoff, dessen er sich – oder der sich seiner – bemächtigt hat, und zum dritten die Besonderheiten des Zeitalters, dessen Sohn und Teilnehmer der Autor ist und dessen geistige Wandlungen er mit zu vollziehen hat.

Obwohl es nicht oft geschehen wird, daß sich sämtliche Kennzeichen der Novelle nun in reiner Ausprägung in einer einzigen Novelle versammelt finden, glaube ich doch behaupten zu dürfen, daß uns immer diejenige Novelle am stärksten ergreift, die möglichst viele der angeführten und noch anzuführenden Merkmale aufweist. Ihr werden wir den Rang des Klassischen zuerkennen, und gewiß ist eine bestimmte Klassizität ja der Novelle überhaupt eigen. Eben das ist es, was sie vielen Menschen unserer Tage verdächtig macht. Die Worte Klassizität und Gesetz lassen den Heutigen leicht an etwas Akademisch-Verstaubtes, etwas Kaltes, Trockenes, Zopfiges, Pedantisches und Steifleinenes denken. Aber ich möchte meinen, eine Erinnerung an die ungeheure Elastizität und Vielfarbigkeit, welche die Novelle durch Jahrhunderte bewiesen hat, dazu ein Blick auf die Persönlichkeiten unserer großen Novellisten, auf Männer wie Boccaccio, Cervantes und Gogol müßte genügen, um solche Schreckbilder zu verscheuchen. Oder erinnern Sie sich an Kleist, an Brentano – ruhelose, ungebändigte Feuer- und Fiebernaturen, zerrissen von allem, was das Innere eines Menschen zerreißen kann, und Sie werden geneigt sein, milder über eine vermeintlich ausdörrende, verkrustende Wirkung novellistischer Gesetze und novellistischer Formenstrenge zu denken.

Die Geschichte der Novelle hat gezeigt, daß sie fähig ist, sich nicht nur immer neue Stoffgebiete, sondern auch immer neue Diktionsweisen zu erobern. Ihre Gesetze vertragen sich mit jeder Freiheit. Die Akzente verschieben sich, der Nachdruck wird bald auf diesem, bald auf jenem der novellistischen Merkmale liegen. Die Novellenform ist ja beweglich, freilich dem Experiment nicht so zugetan und offen wie der Roman. Zudem wird es in der Praxis immer Abweichungen geben, die durch die dichterische Kraft des Autors ihre Rechtfertigung erfahren. Es könnte sogar geschehen, daß eine Novelle allen Gesetzen Hohn spräche und doch durch irgendwelche Qualitäten eine Bewunderung verlangte, die wir ihr nicht verweigern könnten. Doch ist das selten, wie ja immer der Ausnahmecharakter den Glücksfall kennzeichnet.

Ich wies bereits darauf hin, daß eine Gefahr für die Novelle in jener Psychologie liegt, die sich nicht in der Handlung ausdrückt, sondern auf dem Umwege über die Reflexion, es sei nun die vom Autor unmittelbar vorgetragene oder die von ihm seinen Gestalten allzu unbedenklich auf die Lippen gelegte. In der zweiten Hälfte des vorigen Jahrhunderts hat diese direkte Psychologie die eigentliche Novellenform überdeckt. Solche Perioden wird es immer geben, doch läßt sich beobachten, daß die kompromißlosere Novellenform nach derartigen Pendelausschwingungen wieder in ihre Rechte zurückzukehren pflegt.

Die Novelle ist ein romanisches Gewächs. Sie ist spät nach Deutschland und so gut wie gar nicht zu den angelsächsischen Völkern gekommen. Der Engländer hat nicht einmal eine Vokabel für sie, denn das englische »novel« bedeutet ja Roman. Will er von der Novelle im genauen Sinne sprechen, so braucht er das italienische Wort »novella«. Aber das ist ein Terminus der literarischen Fachsprache, das Publikum kennt ihn nicht und empfindet keinen Mangel. Der klare Formensinn der romanischen Nationen hat der Novelle ihr Gepräge gegeben. Ihre Architektur scheint dem literarischen Charakter der Deutschen zu widerstreben. Der Deutsche, der sich ihr nähert, hat oft Mühe, sein generelles Mißtrauen gegen die Form zu überwinden. Er ist schnell bei der Hand mit dem Scheltwort »artistisch«. In anderen Ländern gilt dies Wort als ein Ehrentitel. Auch in ihrem Verhältnis zur Form nehmen die Deutschen, wie es ihnen ja geographisch und geschichtlich zukommt, zwischen Romanen und Slawen die genaue Mitte ein.

Zur Novelle gehört ein deutliches Motiv – dies Wort nicht nur als synonym mit Thema verstanden, sondern bereits in seiner Verbindung mit der seelischen Beschaffenheit des Dichters erfaßt. Das deutliche Motiv erfordert eine präzise Handlung, der die Charaktere der auftretenden Figuren untergeordnet bleiben. Die Frage lautet nicht, wie im Roman oder in der Erzählung: was muß der Mensch erleben, der so und so beschaffen ist?, sondern: wie muß der Mensch beschaffen sein, dem das und das widerfährt und der auf das ihm Widerfahrene so und so reagiert? Die Begebenheit hat den Vorrang. Aber die Handlung allein vermöchte eine noch so pointiert erzählte Geschichte noch nicht in den Rang einer Novelle zu erheben. Dies tut erst das, was ich gern als die metaphysische Pointe bezeichne. Ich lasse es offen, ob dies Wort glücklich gewählt ist, aber ich habe es mir nun einmal angewöhnt, und so mag es dabei bleiben. Ich verstehe darunter die Eigentümlichkeit der Novelle, äußere Vorgänge so zu vertiefen und zu verinnerlichen, daß die Handlung von einem Hauch Weltdeutung durchweht wird, der sich nur in der Begegnung mit dem Schicksal als einer zugleich transzendenten und immanenten Macht erheben kann. Es geht also um ein Ingrediens, das den Handlungsablauf, und mag er noch so abenteuerlich, noch so »unerhört« sein, nie als willkürlich oder gar zufällig erscheinen läßt, sondern ihm in seiner Gebundenheit an Fundamentalgesetze menschlicher und kosmischer Existenz archetypischen Rang verleiht. Nur so wird die Novelle vom außerordentlichen Geschehnis, also vom Sonderfall, zu allgemeiner Bedeutung aufsteigen können. Daß dieses ihr gelingt oder aber mißglückt, das wird in hohem Maße von der ihrer Handlung innewohnenden größeren oder geringeren Symbolkraft abhängen. Den höchsten Rang möchte ich in diesem Betracht jener Novelle zuerkennen, in der die metaphysische Pointe nicht mit Worten ausgesprochen wird, sondern wie ein unmerklich aufsteigendes Grundwasser die Seele des Lesenden erreicht und verwandelt. Ausnahmsweise freilich kann sie auch dort ihre Kraft und Ehre haben, wo sie expressis verbis vor uns hinbeschworen wird, wie etwa in Goethes *Novelle*, wo sie den liedhaften Schluß beherrscht. Ich erinnere mich sehnsuchtsvoll der Erschütterung, die ich als Gymnasiast empfand, als ich plötzlich und unvorbereitet in Arnims *Majoratsherren*, mitten in einer bewegten Handlungsszene, der verwegenen, ja, tollkühn anmutenden Stelle begegnete, die der Dichter selbst überdies, was bei ihm nicht häufig ist, durch Sperrdruck hervorgehoben hat: »Und es erschien überall durch den Bau dieser Welt eine höhere, welche den Sinnen nur in der Phantasie erkenntlich wird: in der Phantasie, die zwischen beiden Welten als Vermittlerin steht und immer neu den toten Stoff der Umhüllung zu lebender Gestalt vergeistigt, indem sie das Höhere verkörpert.«

Den Betrachter der Novellenkunst interessieren nicht Stoff-, sondern Formprobleme. Dies wird besonders deutlich, wenn wir Novelle und Märchen aneinanderhalten. Es ist falsch, zu sagen: diese Geschichte ist keine Novelle, sondern ein Märchen oder eine Legende. Durchaus kann eine Novelle märchenhafte oder legendarische Vorgänge behandeln; Hoffmann, Tieck, Eichendorff, Mörike, Gogol bieten genug Beispiele, und auch Arnims *Majoratsherren* gehören ein wenig hierher. Es ist auch gleichgültig, ob eine Novelle ihren Schau- und Spielplatz in einer amerikanischen Flugzeugfabrik hat oder auf einer griechischen Fischerinsel zur Zeit Alexanders des Großen. Sie hat es ja nicht mit Zuständen zu tun, sondern mit Schicksalen. In ihrem Mittelpunkt steht immer der Mensch: der Mensch, der sich gezwungen sieht, sich dem Schicksal zu stellen, der Mensch im Spannungsfeld zwischen Gebäude und Abgrund; das heißt, zwischen dem Anspruch des Sittlichen und dem Anspruch ungebändigter und in ihrer Ungebändigtheit grandioser Naturmächte. Wohl aber können Zustände den Boden abgeben, aus dem eine novellistische Fabel wächst.

Die Intensität und Konzentration der Kleistschen

Novellen, die auf alles Beiwerk verzichten, sei es nun das der Reflexion oder das der ausmalenden Beschreibung, wird immer bewunderungswürdig bleiben. In allerhöchstem Grade gehört ja zur Novelle unablösbar jene Sachlichkeit, die ich als epische Lauterkeit feiern möchte. So ist die Novelle eine Kunstform der äußersten Disziplin, ja, der Entsagung. Sie verträgt keine Episoden, keine Exkurse, kein Rankenwerk. Der große, geliebte Jean Paul hätte nie eine Novelle schreiben können. Alles in ihr ist auf den einen Zentralpunkt bezogen. Ihrer Knappheit und Verhaltenheit entspricht in der Sprache oft die Prävalenz des Verbums gegenüber dem Hauptwort und wohl erst recht gegenüber dem Attribut. Sie hat Fülle, aber sie läßt die Fülle nur ahnen. Sie gleicht einem reichen Manne, der es nicht für geschmackvoll hält, seinen Reichtum zur Schau zu stellen. Es gibt in ihr kein Verwischen, kein Drumherum- und Darüberwegreden. Sie kann nicht bluffen, was der Roman sehr wohl kann, und sogar mit Meisterschaft. Ihre Diktion ist eine objektive; die Persönlichkeit des Autors tritt zurück. Er bedarf seinem Werk gegenüber einer Distanz, die durchaus neben der glühendsten Hingabe zu bestehen weiß. Die Ausschaltung des Überflüssigen kann so weit gehen, daß jedes Wort erbarmungslos auf seine Unentbehrlichkeit geprüft wird. Diese

Kargheit, die nicht aus der Armut stammt, dieser Verzicht auf das Ornament, mit dem die Klarheit der Linienführung erkauft wird, läßt die Novelle als mit der Architektur unserer Gegenwart verwandt erscheinen.

Mit der Knappheit und mit der Bezogenheit auf einen einzigen Punkt hängt es zusammen, daß die Novelle selten ein bestimmtes Maß des Umfanges überschreiten wird. Wir sträuben uns zum Beispiel, manchen sehr ausgedehnten Tieckschen Novellen – Tiecks *Aufruhr in den Cevennen* hat, obwohl nur zur Hälfte vollendet, vierhundertundvierzig Druckseiten – die Bezeichnung Novelle zu lassen. Die Novelle verlangt auch vom Leser eine Konzentration, die nicht für Tage oder für Wochen durchgehalten werden kann. Der Roman konnte sich erst im schriftlichen Zeitalter entwickeln. Die Novelle geht zurück auf das mündliche Erzählen vor einem bestimmten Hörerkreise, und auch in unseren Tagen haftet ihr noch etwas von dieser Provenienz an. Wie viele Novellen jeder und auch unserer Zeit bekennen sich schon dadurch zu ihrer Abstammung, daß sie ausdrücklich einem bestimmten Erzähler in den Mund gelegt werden! So ist der Novelle wünschenswertes Längenmaß das einer mündlich erzählbaren Geschichte.

Bei weitem nicht alles, was sich Novelle nennt, ist

wirklich eine Novelle. Oft, nicht immer, läßt sich das damit erklären, daß auch unter Literaturkundigen die Kenntnis der eigentlichen Novellenmerkmale erstaunlich selten ist. Es gibt Prosadichtungen hohen Ranges, denen wir den Novellentitel vorenthalten, obwohl er ihnen von ihren Verfassern oder von der Literaturgeschichte beigelegt worden ist. So gewiß Thomas Mann einige unvergängliche Novellen geschrieben hat, an der Spitze den *Tod in Venedig* – es fällt auf, daß er mit der Bezeichnung Novelle recht freigebig war. Vieles, was er so benannt hat, würden wir eher Skizze oder Kurzgeschichte betiteln, wenn wir es nicht vorziehen, es als Erzählung zu klassifizieren; dieser Sammelbegriff ist ein Ausdruck der Verlegenheit für all das, was nicht unter die Romane oder Novellen gehört, wohl aber einzelne Züge von beiden aufweist. Ich wäre auch geneigt, einiges aus Thomas Manns Produktion zu dem zu rechnen, was im achtzehnten Jahrhundert ein Seelengemälde hieß, etwa den kostbaren *Tonio Kröger*; und den Seelengemälden, nicht eigentlich den Novellen, möchte ich auch Grillparzers *Armen Spielmann* beizählen. Übrigens verleugnet Thomas Mann selbst im *Tod in Venedig* nicht den geborenen Romancier, der ja nicht immer zugleich ein geborener Novellist sein muß.

Eichendorffs herrlicher *Taugenichts* ist ganz gewiß

keine Novelle. Eher könnte man ihn als eine lyrische Romandichtung bezeichnen und in die Wanderromane der Romantik einreihen, die letztlich doch alle von Wilhelm Meister aus der Taufe gehoben worden sind. Der *Taugenichts* reiht linear die Geschehnisse aneinander, ohne sie je mit novellistischer Prägnanz um einen bestimmten und bestimmenden Handlungskristall zu gruppieren. Wiecherts *Hirtennovelle* und Arnold Zweigs *Novellen um Claudia* haben von der Novelle nichts als den Namen. Aber auch in der altitalienischen Novellistik und selbst bei ihrem Meister Boccaccio ist manches zu finden, das wir eher als Schwank, Schnurre, Anekdote denn als Novelle gelten lassen mögen.

Man könnte einwenden, an den Bezeichnungen sei nichts gelegen. Nichts, und doch alles. Wir wollen ja zu den Wesensmerkmalen gelangen, und nur mit Hilfe namengebender Definitionen können wir ein Gebilde abgrenzen und als Form deuten. Die Grenzziehung gegenüber den Nachbargebieten wird praktisch nicht in allen Fällen möglich sein; es gibt Zwischenglieder und Mischformen.

Am häufigsten wird die Novelle mit ihrer Antipodin, der Kurzgeschichte, verwechselt, mit der sie doch nichts als den Umfang gemein hat. Man kann in der Kurzgeschichte eine Modernisierung der im neunzehnten Jahrhundert beliebten Skizze er-

blicken oder auch ein spätes, aber quicklebendiges Kind des Impressionismus. Sie kennt keine Stilisierung, keine Kompositionsgesetze, oft nicht einmal eine konsequent geführte Handlung. Sie gibt Ausschnitte aus dem einem jeden vertrauten alltäglichen Leben, und selten würde man ihre Begebenheiten unerhört nennen. Am ehesten läßt sie sich wohl mit dem photographischen Schnappschuß vergleichen. Sie setzt nichts beim Leser voraus, und so ist sie einem jeden zugänglich, während es, um den künstlerischen Reiz einer Novelle zu kosten, eines ebenso geschulten Aufnahmeorganes bedarf, wie es die Malerei vom Bildbetrachter verlangt. Es gibt meisterhafte Kurzgeschichten, vor allem von angelsächsischen Autoren, aber auch von Franzosen und Italienern, etwa von Dino Buzzati, der sich indessen vielfach auch der novellistischen Form nähert. Im ganzen aber muß man sagen, daß der massenhafte Bedarf der Tageszeitungen und Zeitschriften die Kurzgeschichte neuerdings auf das Niveau eines reinen Konsumartikels hinabgedrückt hat.
Näher als die Kurzgeschichte steht der Novelle die Anekdote mit ihrer Zuspitzung auf die Pointe hin; (die Kurzgeschichte kann auf eine Pointe verzichten, ohne sich ärmer zu machen). Am auffallendsten aber ist die zwischen der Novelle und dem Drama, vor allem der Tragödie, waltende Verwandtschaft.

Sie beruht zunächst auf dem gemeinsamen Bedürfnis nach einer straff gefügten Handlung, dann aber auch auf der Situation des dramatischen Helden zwischen Notwendigkeit und Freiheit als der urtypisch menschlichen Situation überhaupt. Fast in jeder Novelle steckt ein dramatisches Moment. Sie wissen, daß Shakespeare für seine Stoffe in der alten Novellistik eine unerschöpfliche Schatzkammer gefunden hat. Dramatiker aller Zeiten haben es ihm nachgetan.

Dem Roman steht die Novelle fern, obgleich es auch da Übergänge gibt. Mit der Dominanz des Schicksals in der Novelle hängt es zusammen, daß wir von ihr mehr als vom Roman ein Element der Notwendigkeit erwarten, also eine Ausschaltung der Willkür. Der Roman dagegen kann wild wuchern, er steht allen Einflüssen offen, oft neigt er sich zur Biographie oder Reportage hinüber, er ist die Form der tausend Formen oder auch der Formlosigkeit. Er kann Thesen vertreten, kann räsonieren und reflektieren, kann die Schicksale gesellschaftlicher Gruppen oder ganzer Völker behandeln. All das ist der Novelle verwehrt.

Etwas von der klassischen Stabilität der Novelle spricht sich schon darin aus, daß ein und dasselbe Novellensujet von Dichtern der verschiedensten Jahrhunderte aufgegriffen und je nach den vom

Zeitalter im seelischen Leben der Menschen hervorgerufenen Veränderungen neu gestaltet werden kann. Jeder Literaturfreund weiß, wie häufig das geschieht. So steckt in der Novelle ein Element der Zeitlosigkeit. Sie ist immer aktuell, und sie ist es nie. Werfen wir jetzt noch einen Blick auf den Novellisten, von dem freilich schon mannigfach die Rede gewesen ist. Er muß allerlei Gaben aufweisen können, und nur eins ist ihm nicht nötig, nämlich die Kenntnis der novellistischen Gesetze. Er wird sie im Blut haben, oder er ist kein Novellist. Ist er aber keiner, so wird die subtilste Kenntnis dieser Gesetze ihm nicht das mindeste nützen. Dafür sei Gott gedankt, denn die Gesetze wollen und sollen doch nicht ein schulmäßiges Epigonentum züchten! Diese Gesetze sind ja nicht Rezepte zur Herstellung von Novellen, etwa im Stile von: ». . . man nehme einen Falken und lasse ihn fliegen«. So leicht ist diese Art von Vögeln nicht einzufangen und nicht zu zähmen. Auch der Besitzer einer wohlbevölkerten Voliere wird die Erfahrung machen müssen, daß von ihren geflügelten Bewohnern nun nicht ein jeder bereit ist, sich zu beliebiger Stunde greifen und gegen das Beizwild anwerfen zu lassen. Wie sollte es da anders sein, als daß die empirische Novelle, teilhabend an der Unvollkommenheit, Alogik und Paradoxie aller irdischen Dinge, hinter dem Urbilde zurückbleiben oder von ihm abweichen muß! So gibt es denn auch mißglückte Novellen schätzbarer Novellisten. Allein auch über ihnen, wofern es wirklich Novellen sind, meine ich einen allerdings schmächtigen und gestörten Glanz zu gewahren, wie er wohl ausgehen kann von dem unvollkommenen Gebilde, das doch von einer Ahnung der Vollkommenheit gestreift worden ist. Solange es Novellen geben wird, solange kann der Gedanke der Vollkommenheit nicht sterben, denn alle wahrhafte Form ist ja unterwegs zum Vollkommenen, auch wenn sie das Ziel ihres Weges nicht erreichen wird.

Erinnern wir uns daran, wie alt die Novellentradition der romanischen Völker ist. Die unsrige kann nicht einmal auf zwei Jahrhunderte zurückblicken. Aber welch einen Schatz kostbarer Werke hat sie aufzuweisen! Freilich, manches von dem, was unsere Großeltern oder Urgroßeltern als Gipfelpunkte der Novellistik priesen, ist uns ferner gerückt und hat sich eine literaturhistorische Einordnung in allerlei zeitbedingte Kategorien gefallen lassen müssen. Anderes ist gänzlich verblaßt und wohl zu Recht in Vergessenheit geraten. Unerschüttert ragen daneben die Meisterwerke, heute noch so frisch wie zur Zeit ihrer Entstehung, Goethe, Kleist, Brentanos *Kasperl und Annerl*, Arnims *Toller*

Invalide, Hofmannsthals *Reitergeschichte*, und noch vieles andere. Fragt man mich nach beispielhaften Novellen unserer Gegenwart, – »novelas exemplares« – so nenne ich Ilse Aichingers *Versiegelte Order*, Friedrich Georg Jüngers *Weißen Hasen*, ferner Emil Strauß, Gertrud von le Fort, Otto von Taube, Britting, Alverdes, aus fremden Literaturen Tania Blixen, Ionesco und Hemingways *Der alte Mann und das Meer* – es kommt mir hier nicht auf eine Vollständigkeit der Beispiele an, mehr auf die Richtung, in welche die Beispiele weisen.

Wie aber präsentiert sich heute die Gesamtsituation der deutschen Novelle in ihrer Beziehung zur Öffentlichkeit?

Die Novelle genießt Achtung, ohne populär zu sein. Einzelne Novellen mögen Popularität haben, aber ich bin mir nicht sicher, ob es die eigentlich novellistischen Qualitäten sind, was das große Publikum an ihnen schätzt. Ich fürchte sogar, sagen zu müssen, daß auch in den hohen Zeiten der Novellenkunst viele Menschen am spezifisch Novellistischen vorbeigelesen und sich mit dem Genuß der gröberen Reize, also der stofflichen Spannung oder der überraschenden Wendepunkte begnügt haben mögen. Die meisten Deutschen greifen lieber nach einem Roman als nach einem Novellenbande. Hat man sich, wie es heißt, »eingelesen«, hat man sich also die Mühe gemacht, mit der Welt einer Prosadichtung vertraut zu werden, dann will man die Früchte dieser Mühe eine längere Weile hindurch genießen und nicht genötigt sein, nach zehn oder zwanzig Seiten an einem anderen Objekt mit den mühseligen Bemühungen von vorne zu beginnen. Das ist menschlich, und ich will es nicht schelten. Lieschen Müllers Lieblingslektüre wird die Novelle auch in Zukunft nicht werden, und das ist kein Schade.

Die Kunst der Novelle ist eine aristokratische, eine exklusive und vielleicht sogar eine esoterische Kunst. Was den äußeren Erfolg angeht, so wird sie mit dem Roman oder der Kurzgeschichte nie in Wettbewerb treten können. Aber ich vermute, sie werde sich für die nächste Zeit etwa auf dem gegenwärtigen Grade ihrer Popularität und Unpopularität behaupten, und so ist mir für die Zukunft nicht bange. Etwas übrigens hat die Novelle auch in solcher Hinsicht vor dem Roman voraus. Sie lebt länger. Denn die Schilderung kann geschwind veralten, das reine Geschehnis veraltet nicht.

Die Kenner und Liebhaber der Novelle sind in Deutschland etwas wie ein Geheimbund, sie sind einsame Verschworene, versprengte Kameraden. Welch eine Beglückung, wenn ihrer zwei sich begegnen und im Zufall des Gespräches einander erkennen! Sie werden nicht aufhören können, ihre Liebe zu rühmen, die ja eine Liebe zur Vollkommenheit ist, und sie werden einander erlauchte Geheimnisse anzuvertrauen haben. Sie werden sich gemeinsam entzücken im Gedanken an die lückenlos gefugte und doch gleichsam spielerisch vollzogene Verflechtung der Einzel- und Untermotive bei einem verschollenen neapolitanischen Barocknovellisten, sie werden reden von dem Glücksgefühl ehrfürchtiger Sättigung, das eine Novelle hinterlassen kann wie der Anblick eines völlig zu Ende gedachten, völlig zu Ende geschaffenen Bauwerks, und ich vermute, sie werden manchen Becher Wein dabei trinken.

Aber nun möge niemand denken, die Aufgabe der Novelle in unseren Tagen erschöpfe sich darin, daß sie Anlaß zu kauzigen Bechergesprächen gibt – (wiewohl auch das nichts Geringes ist). Nein, die Novelle hat heute eine bedeutungsvollere Funktion als noch vor wenigen Jahrzehnten.

Sie alle wissen, daß wir in einem Zeitalter nicht nur des Formenwandels, sondern wohl auch der Formauflösung, ja, der Formfeindschaft überhaupt leben.

Nun, solange Novellen geschrieben werden, um gleichzeitig einem Bedürfnis der Schreibenden wie der Lesenden genugzutun, solange sie, obzwar nur

von wenigen, mit Beglückung aufgenommen werden können, so lange wird es einen Zweig erzählender Kunst geben, der gegen die Auflösung der Form gefeit ist, denn er ist ja mit der Form identisch. Die Novelle ist Form per se. So wird die vielberedete Krise des Romans und wohl auch mancher anderen Literaturgattung sie kaum ergreifen.
In unserer Gegenwart ist die immer noch dauernde Existenz der Novelle und die immer noch unversehrte Herrschaft ihrer Gesetze ein unschätzbares Unterpfand. Sie gehört zu den Erscheinungen, die unsere Zeit mit ihren frühesten Wurzeln verbinden, und so verbürgt sie uns auch heute noch etwas von der geistigen Kontinuität unserer Welt.
Die Novelle könnte eher verschwinden als sich von ihren Gesetzen lossagen. Aber dafür, daß sie nicht verschwindet noch sich lossagt, dafür scheint gesorgt zu sein, denn es genügt ja, daß ein paar Leute übrig bleiben, die es sich in den Kopf gesetzt haben, diesen sonderbaren Lustgarten zu bestellen.

Editorische Notiz

Das Zitat auf Seite 7 ist dem Kapitel *Großtyrann* aus Werner Bergengruen, *Schreibtischerinnerungen*, S. 159 ff., Zürich: Arche Verlag 1961, entnommen.

Novelle und Gegenwart ist eine gekürzte Fassung eines Vortrags von Werner Bergengruen, gehalten vor der Studentenschaft in der Aula der Universität München auf Veranlassung der Bayerischen Akademie der Schönen Künste am 19. Februar 1962. Die vollständige Fassung ist gedruckt in: Bergengruen, *Mündlich gesprochen*. Zürich: Arche Verlag 1963, S. 294 ff.

Bio-bibliographische Notiz

Werner Bergengruen, geboren am 16. September 1892 im livländischen Riga als zweiter Sohn des praktischen Arztes Paul Bergengruen, dessen Vorfahren aus Schweden ins Baltikum eingewandert waren. Besuchte auf Wunsch des Vaters von 1903–1910 das Gymnasium Katharineum in Lübeck. 1909 Übersiedlung der Familie nach Marburg an der Lahn. 1911–1914 Studium in Marburg, München und Berlin (Jura, Geschichte und Literatur). Nahm 1914–1918 als Ulan am Ersten Weltkrieg teil; bis 1919 an den Nachkriegskämpfen der Baltischen Landeswehr. 1919–1925 überwiegend journalistische Tätigkeit in Tilsit, Memel und Berlin, mit Wohnsitz in Berlin (seit 1922). Lebte von 1936–1942 in München; konvertierte 1936 zum katholischen Glauben; wurde 1937 aus der Reichsschrifttumskammer ausgeschlossen. 1942 Übersiedlung nach Achenkirch in Tirol. 1946–1958 in Zürich. In der Zwischenzeit längere Aufenthalte in Italien. 1958 Umzug nach Baden-Baden, wo Bergengruen am 4. September 1964 starb.
Das Werk von Werner Bergengruen ist im Arche Verlag, Zürich, erschienen.

Werner Bergengruen
Von Riga nach anderswo
oder Stationen eines Lebens
Bücher Reisen Begegnungen
Herausgegeben von
N. Luise Hackelsberger
333 Seiten. 49 Abbildungen
und Fotos. Gebunden

Unbekanntes über einen bekannten Autor, dessen großes Œuvre auch ein Zeugnis deutscher Geschichte dieses Jahrhunderts ist. N. Luise Hackelsberger hat autobiographische, poetologische und erzählende Texte von Bergengruen in die chronologische Ordnung seiner Lebensstationen gestellt und mit teilweise bisher unbekannten Fotos illustriert.

Werner Bergengruen
»Gestern fuhr ich Fische fangen ...«
Hundert Gedichte
Herausgegeben von
N. Luise Hackelsberger
200 Seiten. Leinen

Diese Sammlung der hundert schönsten Gedichte Werner Bergengruens in chronologischer Reihenfolge, sorgfältig ausgewählt von seiner Tochter N. Luise Hackelsberger, zeigt die große Vielfalt an lyrischen Formen und Themen. »Eines der architektonischen Geheimnisse dieser Lyrik ist die Balance, mit der sie das Kleinste und das Größte im Gleichgewicht hält.« Albert von Schirnding